青春豬頭少年不會夢到戀姊俏偶像

鴨志田一
插畫♪溝口ケージ

Kadokawa Fantastic Novels

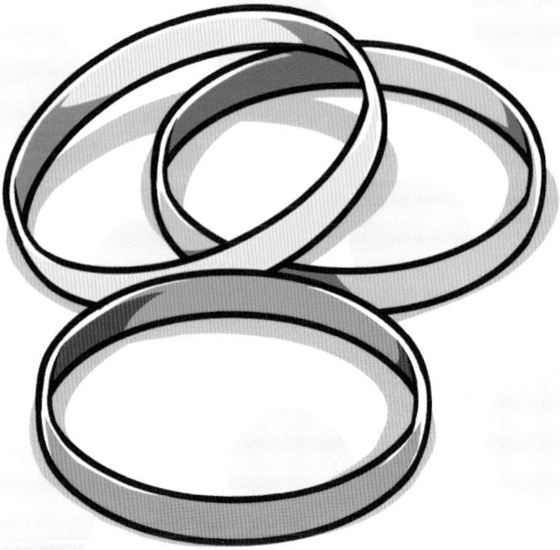

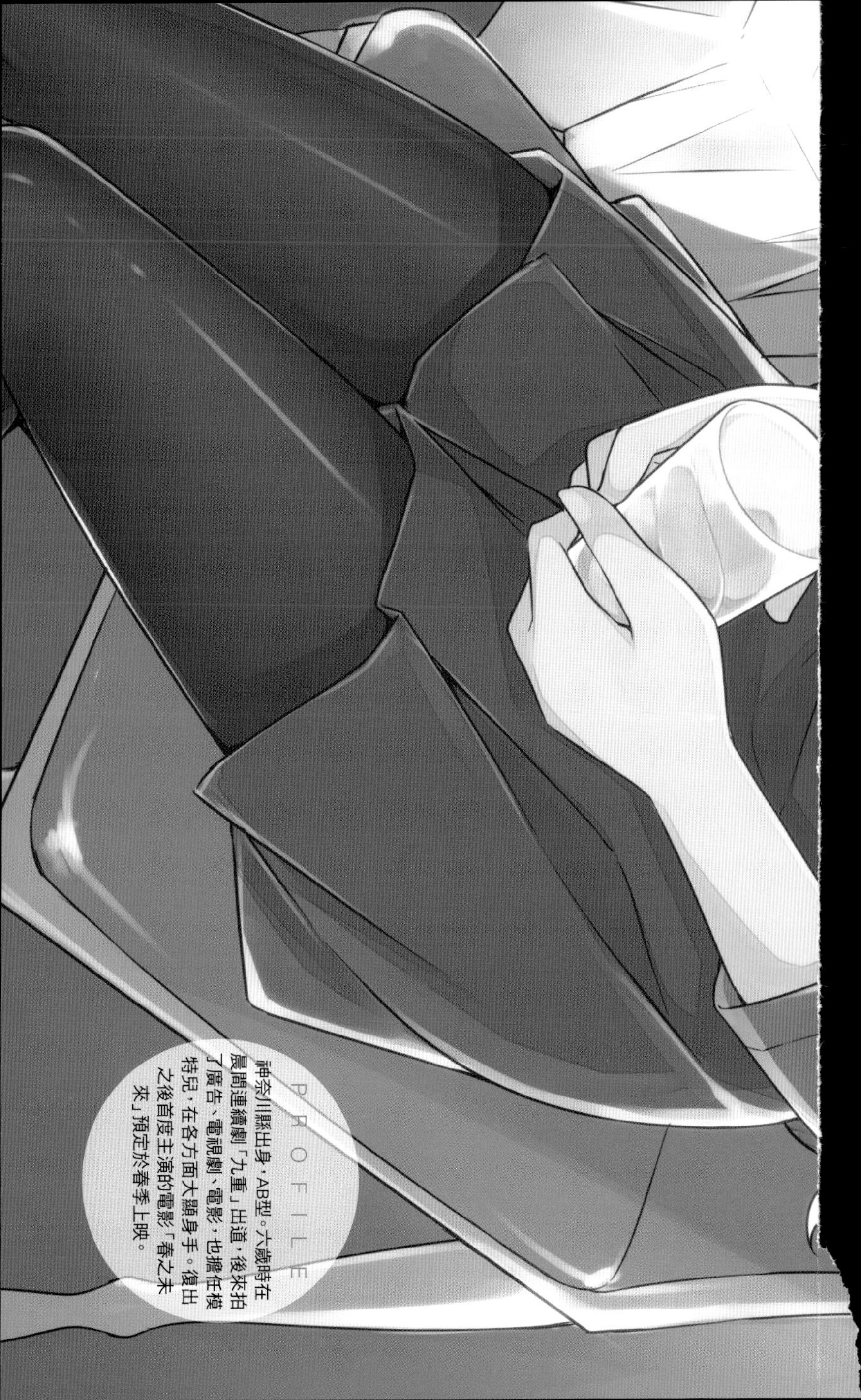
PROFILE
神奈川縣出身，AB型。六歲時在晨間連續劇「九重」出道，後來拍了廣告、電視劇、電影，也擔任模特兒，在各方面大顯身手。復出之後首度主演的電影「春之未來」預定於春季上映。

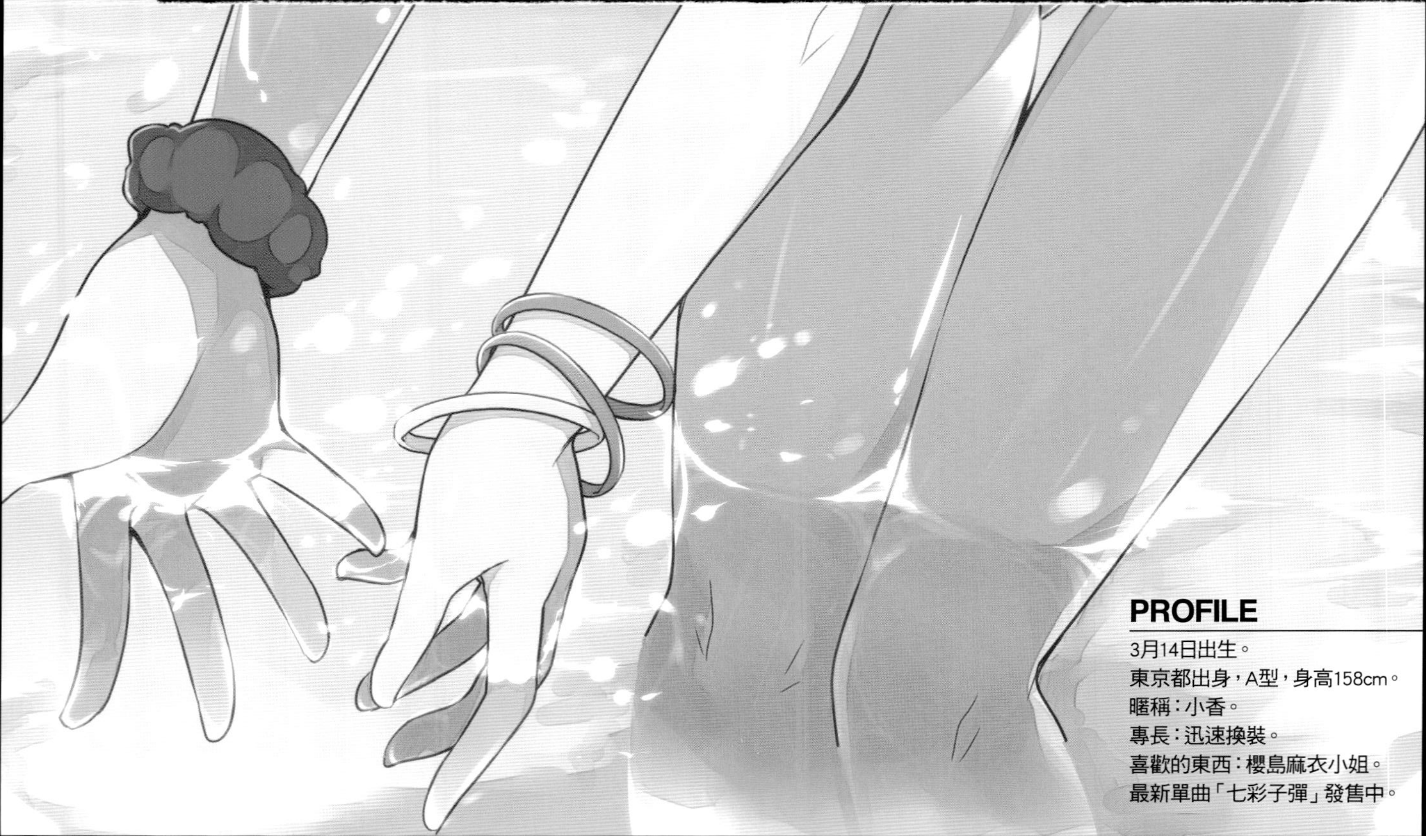

PROFILE

3月14日出生。
東京都出身，A型，身高158cm。
暱稱：小香。
專長：迅速換裝。
喜歡的東西：櫻島麻衣小姐。
最新單曲「七彩子彈」發售中。

兵器！
以泳裝&寫真照清涼登場！
和香
即將射穿你的心♡

在當下。
時間也是很珍貴的體靜下心思索關於自己昔日我以童星身分出光是詮釋接演的角色力，所以經過這段時，我確實察覺自己很工作。
演藝圈是基於什麼契的這段時間，我其實的念頭……我自認隱
瞞得很好，但好像被朋友看穿了（笑）。某天聽朋友指出這一點，我不甘心被當成是在賭氣，所以決定重回演藝圈。
——完全是憑著一股衝動呢。
是啊。雖然這麼說，但我覺得這樣肯定是好事，因為一直悶在心底的那份情緒如今舒坦多了。

人物特別專訪

櫻島麻衣

Mai Sakurajima

演戲的時候，會覺得自己

——打破了兩年的沉默重回演藝圈，再度面對演員這一行的心境如何？

我還是好喜歡拍片現場的氣氛。雖然這麼形容或許很誇張，不過導演、所有工作人員以及合作的演員們合力打造一部作品的時光，讓我覺得自己正活在當下。不過我停止演藝活動的時候並沒有死掉就是了（笑）。畢竟就某方面來說，

沒工作的
驗，可以
的事……
道，之後
就沒有餘
間的沉澱
喜歡這份

——重回
機嗎？

息影
也有復出

甜美可人、
清新有活力的終極
NODOKA TOYOHAMA
偶像團體「甜蜜子彈」的時尚要員！首度
豐濱

青春豬頭少年不會夢到戀姊俏偶像

鴨志田一
插畫♪溝口ケージ

Kadokawa Fantastic Novels

——又來了？

這天，梓川咲太如此心想。

第一章

SISTER PANIC

1

連續亮起的閃光燈將電視畫面染成雪白。

「抱歉這次驚動各位了。」

驚爆和年輕男模外遇的已婚前女偶像深深低頭。

短暫的沉默，整整十秒。

她終於抬頭之後，攻擊性的快門聲與閃光燈再度毫不留情地折磨她嬌小的身體。

「藝人好辛苦呢……」心不在焉看著這一幕的梓川咲太心想。

找遍日本全國，外遇或偷情的人肯定比比皆是，但他們沒在全國播放的電視節目揭開自己的瘡疤，「超肉食系」、「婊子」、「性慾怪獸」這種話語的石頭也不會扔向他們。

女性沒能好好看鏡頭，結巴地回答記者的詢問，最後再說一次「這次驚動各位真的很抱歉」低頭致意。

看來世間是不能驚動的東西。

不過，看到娛樂記者與攝影機幾乎擠爆記者會現場，就覺得大家或許樂見這場騷動。既然這樣，記者們應該感謝犧牲自己提供公審戲碼的這名女性。
她該道歉的對象應該是自己的丈夫、因為節目角色換人而困擾的同事、事務所的人……以及純粉絲們。對這些人道歉應該就夠了。反正就算向「所謂的世間是指誰啊」的世間低頭，也沒人會把她的謝罪聽進去。
無論如何，這對咲太來說一點都不重要。沒見過的藝人和誰交往或外遇都不關他的事。老實說，現在也沒空擔心將滿三十歲的前偶像的末路。
應該更擔心其他的事。
咲太現在位於大他一歲的女友——櫻島麻衣的家。十層樓住宅的九樓，地點是客廳。
打掃機器人從剛才就在被整理乾淨的地面來回，看起來非常辛勤地工作。咲太在沙發上守護它工作的模樣。
麻衣也坐在沙發上，和咲太面對面。兩人目光瞬間相對，但咲太不發一語地轉過頭。並不是因為害羞，而是因為他轉過頭的視線前方有另一個人，他有事要問這個人。
坐在咲太身旁的，是和咲太同年、金髮耀眼的少女。
「所以，麻衣小姐，這究竟是怎麼回事？」
明明麻衣坐在「正前方」，咲太卻朝金髮少女提問。
對於咲太這個不自然的舉動，麻衣與金髮少女都沒有質疑。

「就說了，我和這孩子身體對調了。」

不只如此，咲太稱為「麻衣小姐」的這名金髮少女以麻衣的語氣這麼回答。

咲太為何處於這種狀況？要得知答案，必須將時間稍微往前推。

這天……九月一日星期一。約四十天的暑假結束，宣告第二學期開始的始業典禮當天，期待和麻衣見面的咲太來到學校。

在這段長假當中，重返演藝圈的麻衣忙碌至極，幾乎沒空見面。

不只如此，事務所還發布約會禁令，即使是容許偷閒的些許時間，也無法用來共度情侶應有的夏日活動。

還沒欣賞麻衣的泳裝造型，第二學期就這樣來臨。

本應快樂的暑假變成這種下場，所以……

「到了第二學期，就可以在學校正常見面了。」

聽到麻衣這麼說的咲太這輩子第一次歡迎九月一日的來臨。昨晚他接到了「明天在學校見」的電話。

不過當天到學校一看，麻衣不在始業典禮的學生行列裡。開完班會之後，咲太去三年一班的教室看過，同樣沒找到麻衣。

座位沒書包，甚至感覺不到她有來上學，所以咲太決定死心回家。

一個人孤單地回到居住的大樓門口時，對面大樓湊巧有人走出來。是麻衣。

咲太當然開心地過去搭話，麻衣卻回以意外的話語與反應。

「你是誰啊？」

麻衣甩掉咲太放在她肩上的手，投以疑惑的視線。

「我再問一次，你這傢伙是誰啊？」

直接又具攻擊性的語氣，不像總是展露學姊從容態度的麻衣。

「如您所知，小的是和麻衣小姐進行清純交往的梓川咲太。」

「啥？這種眼神死掉的男生，怎麼可能是姊姊的男朋友？」

這種瞧不起人的態度是決定性的證據。

外在確實是麻衣，語氣與態度卻完全判若兩人，已經不只是讓人覺得突兀的程度。

「我才要問，妳是誰啊？」

咲太直接將心情轉換成疑問說出口。回答他的不是眼前的麻衣。

「那孩子是豐濱和香。」

背後傳來的聲音使得咲太轉身。麻衣所住的大樓玻璃門剛好開啟，一名少女走了出來。

少女筆直走到咲太身邊。

咲太首先注意的是她的頭髮。漂亮的金髮，如同夜晚花蝴蝶姊姊們那樣只在頭的左側挽起，是豐盈花俏的髮型。加上水汪汪的大眼妝，看起來給人很愛玩的印象。

身高不到一百六十公分，算是女生的平均身高，但和高䠷的麻衣站在一起，看起來就偏矮。體型相當苗條，感覺會被同輩的女生羨慕。從男生的角度來看似乎稍微過瘦，不過大概是有在做一些運動，沒有嬌柔又弱不禁風的感覺。不是只有瘦，短褲底下裸露的雙腿健康緊實得恰到好處。

「豐濱和香？」

復誦的咲太感覺自己知道這個名字。應該說，他感覺自己看過這個突然出現的金髮少女。

在哪裡看到的？

咲太目不轉睛地注視她沒多久，腦袋就冒出答案。

「那個嗎？」

是漫畫雜誌的封面。不經意錯過扔掉的時機而丟在房間的幾個月前的少年漫畫雜誌。封面是剛崛起的偶像團體，記得叫做「甜蜜子彈」。這個團體的成員之一，應該就是眼前的金髮女孩豐濱和香。

咲太之所以特地記住，是因為她的個人資料吸引目光。「喜歡的東西」這個項目是「櫻島麻衣小姐」，所以咲太擅自抱持著親切感。

「不對，豐濱和香小姐是在這邊的吧？」

咲太指著金髮少女回應。

「不要用手指別人。」

和香抓住咲太的手指，立刻往下壓。

「……」

怎麼回事？包括剛才的語氣以及對咲太的態度……明明是第一次見面的對象，這份距離感卻非常熟悉。說穿了，簡直就像麻衣……

「現在我是櫻島麻衣。」

金髮少女以清晰口吻主張自己是麻衣。

「然後，那邊的是和香。」

接著少女指著「麻衣」，說她是「豐濱和香」。咲太可以理解少女說明的內容，但是否可以接受就另當別論。

「我認為是思春期症候群。」

咲太面有難色，金髮少女挺直身體湊到他的耳際低語。雖然聲音與外型都不同，讓他聯想到麻衣的這個特別的名詞卻刺激著耳膜與大腦。

一般來說，人們不相信「思春期症候群」這個不可思議的現象，會說這種難以置信的事情只

是都市傳說而一笑置之。大概只有曾經真實體驗的人才會相信吧。

「不過，好像和我差點消失的那時候差很多。」

金髮少女叮嚀般低語。決定性的一句話。春天發生的連麻衣存在的事實都差點從人們記憶中消失的事件。知道這件事的應該只有咲太與麻衣……以及陪同諮詢的朋友雙葉理央。

「真的是麻衣小姐耶。」

「所以我不就說了嗎？」

金髮少女即使感到傻眼，依然溫柔地微笑。這張表情確實是咲太熟悉的麻衣，不可能認錯的最愛笑容。

「和香也先回房吧。這不是夢喔。」

「啊？這怎麼可能？」

「就是有可能喔。」

「我變成姊姊，姊姊變成我耶。」

麻衣外型的和香一邊說一邊拿玻璃門當鏡子照，頻頻伸手摸臉與身體。

「不不不，這絕對是夢啦。」

「即使身體的感覺這麼真實？」

「……」

「雖然像是夢，但真的不是夢喔。」

「不會吧……因為，如果不是夢……」

麻衣外型的和香嘴脣微微顫抖，似乎想說些什麼卻沒能立刻接著說下去，沒成為話語也沒變成聲音。她像是要否定現實般不停搖頭，最後好不容易擠出一點點聲音。

「這樣……很困擾……」

難以置信的現實令她說出這句毫不矯飾的真心話。人們真的遇到麻煩時大多會這樣。

後來為了問個究竟，咲太去了麻衣的家。

搭停在一樓的電梯到九樓，邊間就是麻衣的住處。

坐北朝南，採光良好，獨自生活的話稍嫌大的三房兩廳。咲太來到這個家的客廳。

設置時尚中島型廚房的開放空間。室內擺放沙發、矮桌、電視櫃等最基本的家具，並且以沉穩的原木色調統一。像是ＵＦＯ的機器人勤快地打掃著客廳地板。

「麻衣小姐，這裡房租多少？」

「不用錢。」

「啊？」

「是買的。」

「啊～～」

咲太發出可以認同的聲音。

麻衣是從童星時代就在演藝圈活躍的大紅人，號稱全國家喻戶曉，在電影、連續劇與廣告方面大放異彩至今，即使買間房子也不奇怪。

「感想只有這樣？」

麻衣投以意外的眼神。

「還以為讓你進來，你會更高興耶。」

「如果只有我和麻衣小姐兩人，我早就突擊寢室了。」

「不准一臉正經地講蠢話。」

「是真心話啊。」

「隨便坐吧，我準備茶水。」

麻衣沒有繼續理會，打開冰箱。

咲太不得已，只好乖乖坐在沙發上。不久，麻衣……更正，麻衣外型的和香也坐在咲太正前方的沙發上。

「……」

和香看起來還無法接受自己身上發生的事。她一臉難以置信的表情，注視著自己在玻璃矮桌上映出的身影。

「……」

現在讓她靜一靜比較好吧。

為了填補沉默的空檔，咲太拿起電視遙控器。畫面播映的是情報節目，一直在報導外遇前偶像的道歉記者會。

看電視沒多久，麻衣端著放三個杯子的托盤回來了。是金髮辣妹外型的麻衣。

麻衣在桌上擺了三杯麥茶，接著毫不猶豫地坐在咲太身旁。雖然外表不同，但這種距離感確實是麻衣。

「所以，麻衣小姐，這究竟是怎麼回事？」

「就說了，我和這孩子身體對調了。」

咲太再度來回看向麻衣與和香。以這種狀況，應該說來回看向「麻衣的身體」與「和香的身體」才對。

「總之，我先接受這個說法……」

要是不接受就沒辦法繼續問下去。

「麻衣小姐和豐濱和香小姐是什麼關係？」

麻衣直接以名字「和香」稱呼，和香稱呼麻衣「姊姊」，所以答案易於推測，而且這個推測

恐怕是對的。不過在這種狀況，咲太判斷應該確認清楚。

「我之前說過吧？我有個同父異母的妹妹。」

「嗯，是啊。」

麻衣離婚的父親再婚，建立家庭之後生下的女兒……就是這麼回事。同一個父親，母親卻不一樣。

只是，咲太聽到這件事的當時，沒想到居然是這麼大的妹妹。如果上次看到的豐濱和香個人資料可信，那她應該是高中二年級，和咲太同年。換句話說，和麻衣只差一個學年。

「好像是從我還沒出生的時候就和我母親有過節了。」

大概是咲太的想法寫在臉上，麻衣搶先說明。

「那麼，這位豐濱和香小姐為什麼在這裡？」

「她昨天很晚的時候突然來找我。」

「很晚是多晚？」

「十二點過後吧？」

「這又是為什麼？」

「她說她不想回家。」

「是喔……」

咲太不經意看向和香。她依然注視著自己映在玻璃桌面的臉。「不會吧……」她抱頭說了。

咲太想從當事人口中問出真相，不過看樣子還沒辦法。

「這個狀況……要怎麼處理？」

咲太不得已便如此詢問麻衣。

「得想方法復原才行，但是最好以『不會立刻復原』為前提。」

麻衣很冷靜，不愧是經歷過思春期症候群的人。

「哎，說得也是。」

要如何回復還是何時能回復，目前完全不得而知。包含變成這樣的原因，一切都處於「現在才開始」的狀況。

只是兩三天的話還可以向學校請假，但是時間拉長就不行了。如果一直請假，校方應該也會來確認情況。

所以正如麻衣所說，最好下定決心暫時維持身體對調的狀況……麻衣以和香的身分、和香以麻衣的身分，度過接下來的日子。

不只如此，還必須摸索復原的方法。

「那個……」

咲太搭話之後，和香只揚起視線。麻衣不會這樣做，所以明明外表是「櫻島麻衣」，咲太卻有種強烈的突兀感。

「怎樣？」

聲音是麻衣，說話方式卻不同。隱含戒心的語氣帶刺。真正的麻衣講起話來應該更從容。

「關於原因，妳心裡有底嗎？」

咲太直截了當地詢問和香。

「你說的『原因』是……」

「當然是妳和我的麻衣小姐身體對調的原因。」

「誰是『你的麻衣小姐』啊？」

咲太的臉頰從旁被用力捏了一把。雖然外表是金髮少女，但這個觸感無疑是麻衣。內心變得好祥和。

「我心裡沒什麼底。」

「這樣啊。」

咲太不抱期待，所以也沒特別失望。

「話說，等一下。」

「嗯？」

麻衣也和咲太一起以「怎麼了？」的眼神詢問和香。

「你們兩人為啥冷靜成這樣？」

和香原本投向咲太的視線像是徵詢意見般移向麻衣。麻衣與和香四目相對。接著，和香「啊」了一聲。

「……為何這麼冷靜？」

她只對麻衣改用客氣的語氣，像是回過神似的端正坐姿，營造出拘謹的氣氛，表情緊張。

「我聽不懂妳這句話的意思。」

麻衣以一如往常的調調回應。

「因……因為啊，身體像這樣對調！絕對！完全！一定有問題吧？」

「是啊。」

麻衣講得像是接受和香的說法，卻不改冷靜態度，露出一副不成問題的表情，拿起玻璃杯喝麥茶。

「……」

麻衣這樣的態度使得和香目瞪口呆。

「慢著，只有這種反應？」

「嗯。」

「就這樣？姊……麻衣小姐不在乎嗎？」

「不管在不在乎，現在就是變成這樣，那也沒辦法吧？畢竟不知道怎麼復原，只能思考當前該怎麼處理吧？」

「話是這麼說……可是……」

「反正這種奇怪的狀況，找誰商量都沒人會相信。假設有人願意相信，也只會被媒體恣意報導，等大家膩了就扔掉。和香也不願意這樣吧？」

「……是的。」

「所以在復原之前，只能由我飾演和香、由和香飾演我過生活。」

「……」

「我講了什麼奇怪的話嗎？」

「不，沒有。」

和香低著頭，一副連視線都不敢跟她相對的樣子。雖然內在不同，但麻衣消沉的模樣很珍貴，咲太想拍張照當紀念。只是說來遺憾，咲太手邊沒有最重要的相機，因為他沒有智慧型手機或普通手機。

「那就確認接下來的行程吧。我去拿手冊。」

麻衣從沙發起身。

「啊，姊……麻衣小姐，等一下。」

「……什麼事？」

和香第二次改口，麻衣似乎對此有意見卻刻意決定不提這件事。包含語氣在中途變得客氣的這件事，麻衣完全無視，似乎是判斷這方面由妹妹自己決定。咲太頗為在意，卻決定照麻衣的想法去做。

「在確認行程之前，方便再問一件事嗎？」

和香這麼說的時候視線在咲太與麻衣之間來回，所以不用特別聽她問也猜得出她想問什麼。

「兩位真的在交往嗎？」

內容正如預料。只不過，和香刺向咲太的不滿視線超乎預料，甚至暗藏殺意。

「嗯，在交往啊。」

麻衣隨口承認交往。和香露出更抗拒的表情。

「不可能有這種事！我盡量讓步承認思春期症候群是現實，但拿他當男友太離譜了！」

「我這麼超脫現實嗎？」

「睡眼惺忪到快死掉的男生，居然和『櫻島麻衣』交往，完全是奇幻世界啦！」

大概是情緒激動，原本客氣的語氣走樣。看來這才是本性。

「能讓全國不起眼的男生得到希望，我也很高興喔。」

被麻衣的外型否定到這種程度，咲太內心隱約受創。

「和香。」

麻衣不太高興地叫她。

「……是。」

和香一副畏縮的樣子沉默下來，語氣也瞬間變得客氣。

「不准說別人的男友睡眼惺忪。」

麻衣噘起嘴，以有點不悅的表情反駁。咲太沒想到麻衣會幫忙說話，臉頰不禁放鬆發笑。

麻衣的手伸向咲太的大腿用力捏，像是要責備他。挺痛的。

「咲太睡眼惺忪是實話，不過有些話能講、有些話不能講吧？」

「麻衣小姐，我希望這句話也歸類在不能講的這一邊。」

咲太高興沒多久就被一把推落谷底。

玩弄完咲太的麻衣一臉滿足。捧起來之後再推下去，很像麻衣會有的女王風格。

「那麼，回到行程的話題吧。」

「是……」

和香一副不情不願的樣子點頭回應，將咲太當成殺父仇人般瞪了好一陣子。她的外表是麻衣，所以非常傷腦筋。咲太的身體感受到愉悅。

「咲太也不要笑嘻嘻的。」

麻衣輕敲咲太腦袋之後，進入隔壁房間。
咲太原本也想一起去。
「給我乖乖坐好。」
但是剛準備起身就被搶先制止。
「我明明可以忍著只打開一層衣櫃……」
「這樣根本沒忍耐吧？」
「咦～～」
「這種事，等到只有我們兩人的時候再做。」
麻衣夾雜著嘆氣回應，打從心底感到傻眼。絲毫沒變成甜蜜氣氛，遺憾至極。明明難得有機會來麻衣家……
麻衣無視於咲太的失望，以精神抖擻的腳步從房間走回來，手上拿著一本畫有兔子吉祥物的手冊。
「那個……」
和香向麻衣開口。
「嗯？」
「說起來，我不可能假扮成麻衣小姐吧……」

「為什麼？」
「像是感情好的朋友，我覺得很快就會察覺不對勁。」
這個意見很中肯。不過以麻衣的狀況，這一點完全無須擔心。
「在學校，那個……不成問題喔。」
麻衣有點難以啟齒似的結巴。
「咦？」
「……」
「因為麻衣小姐沒朋友。」
咲太代替答不出來的麻衣如此告知。
「啊？」
「什麼嘛，你還不是差不多。」
麻衣滿臉不高興地瞪過來。或許她不希望和香得知這個事實。
「我有朋友喔，而且有三個。」
「是不是多了一個？」
「國見跟雙葉，然後最近多了古賀。」
「是喔～～」

麻衣似乎興趣缺缺。

「咦？就這樣？」

「和我交往的男生不可能花心。」

好強大的自信，不愧是女王大人。不過這是事實，所以只能乖乖同意。

「回到正題，基於這個原因，在學校假扮我很簡單。只要去學校坐在自己的座位默默上課，下課之後回來就好，沒必要和任何人說話。」

「好……好的……」

和香一臉難以置信地點頭。看來和她內心的麻衣形象不太一樣，以為麻衣在班上也和在演藝圈一樣受到歡迎……

「那個……我也一樣。」

「咦？」

「去年確定出道之後，我就沒時間和高中朋友玩……跟不上圈子裡其他人的話題。剛開始會說明我不在時發生什麼事，但是每天這樣根本聊不開……二年級重新編班，加上我在春假染了頭髮，就完全被排擠……所以，沒問題的。」

「記得和香從高中開始就讀櫻葉學園吧？」

咲太也聽過這所學校。是橫濱知名的千金學校，記得是採用國高中一貫課程的學校。既然是高中才報考入學，或許和香成績不錯。而且在這種千金學校，這頭金髮確實特立獨行。

咲太不禁脫口這麼說。真的是「不知道該怎麼說」的心情。

「不過，該怎麼說……」

「什麼事啊？」

「姊妹倆都沒朋友也太悲哀了。」

「話說在前面，我只是在學校沒朋友，在演藝圈有喔。」

麻衣辯解般這麼說，和香也點頭附和。

「咦～～真的嗎？」

「你以為我是誰啊？」

「順便問一下，朋友有誰？我也聽過的人嗎？如果是英俊小生，我會吃醋。」

「交情最好的是寫真女星『山江友理奈』，以及模特兒『上板米莉雅』兩人。」

該說了不起嗎？麻衣說出咲太也聽過的名字。山江友理奈是每週肯定會上某本漫畫雜誌封面的當紅偶像，上板米莉雅是最近經常在綜藝節目看到的混血模特兒。

「幾乎每天傳簡訊聊天，上週還趁著工作空檔一起吃午飯，她們也來住過這裡。不是英俊小生，你放心了嗎？」

「今後也請不要交異性朋友。」

咲太說著看向和香。他莫名感受到視線。和香一副有話要說的表情瞪著咲太。

「我也一樣，家鄉有很多國中時代的朋友。我們經常一起玩，之前也到朋友家過夜。」

這也是近似姊姊的反應。

「和團員的感情也很好。有意見嗎？」

「沒意見。總之以這次來說，在學校沒朋友比較方便，所以是好事吧？」

咲太如此總結之後，麻衣輕戳他的額頭。

「這是什麼處罰？」

「總覺得你很囂張，所以教訓你一下。」

「那我就接受。」

「居然接受了……」

和香像是看見髒東西般皺眉。

「先不提學校……問題在於工作嗎？」

女星「櫻島麻衣」與偶像「豐濱和香」的行程才堪稱正題。

「我只有這些。」

麻衣在桌上打開的手冊幾乎空白。相較於沒假日的八月，這張行程表彷彿是假的。

「因為我將連續劇的拍攝工作調整到八月了。」

預定的工作只有時尚雜誌的攝影，以及附帶的幾次訪問。然後只有拍一支廣告。

「第二學期之後稍微控制了，不然某人會寂寞。」

「就算見得到麻衣小姐，要是約會禁令沒解除也沒意義。」

麻衣無視於咲太認真的訴求，繼續推動話題。

「關於拍照，我想和香也有經驗，所以沒問題吧？」

咲太想再調情一下，麻衣卻完全沒配合，將注意力移向和香。

「是的，應該吧……」

總覺得和香回應得有點不安。

「至於訪問，應該會先取得要採訪的內容，所以事先準備就好。」

「可是，拍廣告的話……」

「這是劇本與分鏡。」

麻衣將以燕尾夾固定的六七張紙放在桌上。和香沒拿，所以咲太基於好奇拿來翻閱。

「喔！」

咲太之所以驚呼，是因為他很熟悉預定的拍片地點。通學時搭乘的江之電車站之一。舞台是咲太就讀的峰原高中所在的七里濱站下一站……鎌倉高中前站。

「導演會照著劇本來，所以只要預先準備，我想應該就沒問題。畢竟妳加入偶像事務所之前

待過劇團。」

「……」

和香好不容易低下頭般點頭回應。她表情消沉，甚至帶著悲愴感。她害怕的眼神說明自己即使會演，也不可能代替「櫻島麻衣」。

既然咲太都察覺了，麻衣當然也應該察覺到和香的心情。但麻衣看似不以為意，說起下一個話題。

「至於我，學會歌曲與舞步之前應該會很辛苦。」

確實，「豐濱和香」的行程明顯比較緊湊。身為偶像團體「甜蜜子彈」的成員，幾乎每天都要上歌唱或舞蹈課，每週末都有購物中心或活動會場的小型表演。每次上台要表演的曲子約兩到三首。雖然這麼說，依照計算，麻衣至少得以每週三首的速度記熟歌曲與舞步。

不只如此，九月最後一個星期日還預定要在澀谷的展演空間舉辦個人演唱會。

「話說，麻衣小姐會跳舞？」

「和香，有練習用的影片嗎？」

「有。」

和香翻找放在房間一角的包包——看起來裝得下換洗衣物的大型運動背包。和香從包包取出三張裝在透明盒子，看似ＤＶＤ的光碟。

「就是這個。」

她以雙手客氣地遞給麻衣。

「謝謝。」

麻衣在接過光碟的同時起身，讓播放機吸入光碟。咲太貼心地拿遙控器打開電視。麻衣以眼神誇獎他。咲太順便切換到ＨＤＭＩ輸出，喇叭傳出「這樣有在拍嗎？」「總之試試看吧。」之類的聲音。

不久，漆黑的畫面變亮。播放出來的是某間舞蹈教室，類似體育館的木質地板，其中一面牆是鏡子。

包括和香在內的團員排成一列。

一起做個深呼吸。

快節奏的音樂一播放，七名成員就以整齊的節奏表演舞蹈。

麻衣看著影片踩起輕快的腳步，揮動雙手，大幅擺動身體。由於要跟隨範例，所以整體來說慢半拍，但麻衣以瞬間消除咲太擔憂的高水準跳完一首歌。

麻衣額頭微微冒汗，胸口起伏，呼吸急促。即使如此，她轉身看向咲太的臉也洋洋得意。

「本尊的動作比較俐落耶。」

「你明明就嚇了一跳。」

「不是開玩笑，我真的嚇了一大跳。」

這是真心話。平常的麻衣給人成熟穩重的感覺，即使快要搭不上電車也不會匆忙奔跑。咲太沒看過她這樣，所以沒想過她可以配合快節奏的偶像歌曲跳舞。

「因為待在劇團的時候學過一輪。」

麻衣不可一世般笑了。

「原來不只是練習演技啊。」

「包括跳舞，我待的劇團也會唱歌喔。畢竟也有音樂劇的表演。」

「啊～～原來如此。」

麻衣在佩服的咲太面前以袖口擦拭滴下的汗水，一口氣喝光自己準備的麥茶。

「啊，咲太，你可以回去了。」

接著，她突然說出這句冷漠的話語。

「啊？為什麼？」

真的過於突然，咲太完全沒有心理準備。難得有機會來到麻衣家，多一秒也好，咲太想盡量吸這間屋子的空氣，也想看客廳以外的房間。

「我流汗了，想洗澡。」

「好想盡情欣賞剛出浴的麻衣小姐喔～～」

「現在是和香的身體，不行。」

「只要內在是麻衣小姐，就算是這副身體，我也完全不在意喔。」

「我的意思是我會在意。總之快回去吧，小楓在家等你吧？」

看向時鐘，差不多快中午了。是午餐時間。如同麻衣所說，妹妹楓應該餓著肚子在家等咲太回去。

咲太放棄欣賞剛出浴的麻衣，從沙發起身。

「明天，七點五十分在樓下會合喔。」

「我帶豐濱小姐到學校就好吧？」

咲太一邊走向玄關一邊約好隔天的行程。

「那麼，我告辭了。」

咲太穿好鞋子走出玄關。

「咲太。」

咲太走向梯廳時被叫住。麻衣也套上拖鞋走出玄關，並且背著手關上門。

「要來個臨別的親親？」

「不要。」

「那麼……」

「那個，咲太。雖然只是假設……」
麻衣有些不安地移開視線。
「就算麻衣小姐一輩子是這個外型，我也會忍耐喔。」
「有幸捕獲現役的偶像，不准說忍耐。」
麻衣傻眼般笑了，注視咲太的雙眼已經完全沒有剛才感受到的不安。
「話說在前面，我不會讓你碰和香身體一根寒毛。」
「咦～～」
「你會忍耐一輩子對吧？」
麻衣露出惡作劇般的微笑。是以往捉弄咲太的從容笑容。
「『忍耐』的意思不太一樣……」
「別在意這種小事。」
「不，這是大事。」
「明天起，和香就拜託你了。」
麻衣靜靜恢復正經表情這麼說。聽她這樣請求，咲太的回答只有一個。
「等到身體復原，請給我獎賞喔。」
被送到梯廳前面之後，咲太如此回應，然後進入不久後抵達的無人電梯。

「復原再說。」

麻衣的這句話耐人尋味，語氣像是在仔細叮嚀。這種態度令人覺得她似乎早就知道不會太快復原。

即使如此，麻衣依然溫柔地微笑目送咲太。電梯關上門，載咲太到一樓。

「如果內在是麻衣小姐，和偶像交往也可行吧？」

咲太一個人在電梯裡自問。

「……可行。」

還沒抵達一樓，咲太就得出這個答案。

實際上，麻衣的外型變成了和香。這方面再怎麼煩惱也於事無補，並不是煩惱就找得到解決之道。

既然要煩惱，不如煩惱更有意義的事。例如還沒決定的午餐菜色。

載著咲太的電梯抵達一樓，響起音色溫柔的鈴聲。

「今天吃炒飯吧。」

咲太想到還有很多剩飯沉眠在冰箱裡。

2

隔天早上，咲太被家貓那須野踩臉而清醒。看來牠餓了。

把叫咲太起床當成人生價值的妹妹楓大概是被那須野搶先而受到打擊，講出「楓也想當貓」這種莫名其妙的話。

即使如此，咲太製作麻衣傳授的軟綿綿炒蛋給她吃之後……

「楓從早上就好幸福！」

她瞬間恢復活力。

在這樣的楓目送之下，咲太比平常稍微提早出門。他和麻衣約好了。

咲太搭電梯到一樓，來到公寓前面的道路。

「啊……」

隨即聽到隱含驚慌與緊張的聲音。

「早安。」

朝咲太低頭致意的人是身材纖瘦的少女。身高約一百五十公分，身穿感覺還很新的國中制服站在那裡的人是牧之原翔子。

「早安。」

咲太回話問候，翔子就開心地微笑，像隻小狗般小跑步過來。

「要是跑太快……」

咲太瞬間緊張了一下，因為他知道翔子罹患嚴重的心臟病。

「沒事的。」

翔子仰望咲太，驕傲地挺胸。

「出院之後狀況就很好。」

「這樣啊。」

「不過，謝謝您的擔心。」

「別客氣。」

但翔子臉上依然掛著甜美的笑容，氣色也很好，看來身體狀況真的不錯。

「發生什麼好事了嗎？」

「為什麼這樣問？」

咲太突然這麼問，翔子詫異地歪過腦袋。

「因為妳笑咪咪的。」

「是……是嗎？」
大概是被人點出來之後不好意思吧，翔子以雙手上下按摩臉頰掩飾。
「疾風過得好嗎？」
「很好，今天也充滿活力地吃了飯。」
即使環境改變，只要翔子負責照顧，白貓疾風應該也能放心吧。希望牠健康長大。
「這麼說來，妳總是走這條路呢。」
「……」
翔子瞪大雙眼，似乎聽不懂這句話的意思。
「妳正要去上學吧？所以……」
「啊，是的，不對。」
肯定之後立刻否定。敏捷又忙碌的女孩。
「咦？不是要上學？」
翔子穿著制服，咲太認為應該不會錯……
「啊，那個，『是的』是說我要上學沒錯，『不對』是說我不是都走這條路。」
確實，如果從翔子之前說的自家方向走到車站，經過咲太家門前應該會多繞一段路。
「那麼，今天怎麼來了？」

「想說或許見得到咲太先生。」

「這樣啊。」

「是的。然後就見到了。」

翔子依然笑咪咪的。

「……」

「……」

臉上掛著笑容注視對方約三秒，翔子臉蛋逐漸染紅，連脖子與耳根都通紅。

「那……那個，我會遲到，先走了！」

翔子突然慌張起來，用手掌為自己的臉搧風，逃也似的離開了。

「走慢一點啊！」

咲太從後方叮嚀。翔子一度轉身用力揮手，咲太微微舉手回應。

就這麼目送翔子直到看不見她的身影。

「早安。」

此時，咲太背後傳來聲音。熟悉的聲音。

站在後方的是麻衣與和香。

「麻衣小姐，早安。」

金髮少女以眼神回應。天亮之後，身體說不定會復原……咲太原本抱持這個淡淡的期待，不過很遺憾，看來沒能如願。

「順便問一下，妳是從什麼時候開始看的？」

「從翔子小妹被你注視到臉紅那時候。」

麻衣毫無感情地說了。不知道是真的沒興趣還是其實在生氣……這個反應令人難以判斷。要是貿然追究可能會自掘墳墓，所以咲太決定換個話題。

說來真巧，現在的麻衣身上滿是吐槽點。外表是「豐濱和香」的麻衣身穿學校制服──和香學校的制服，是給人清純印象的簡樸水手服。裙子過膝，一眼就看得出是千金小姐規格，和她側邊挽起的金髮與水汪汪的大眼妝完全不搭，一點都不平衡。

「為什麼要笑不笑的？」

麻衣瞇細雙眼責備。

「我覺得這身獨特的打扮不錯。」

「……」

咲太明明在誇獎，麻衣卻默默踩了他一腳。

「話說，原來有制服啊。」

咲太心想，她這次離家出走準備得真是周到，或許這不是第一次離家出走。咲太不經意將視線投向和香。

外表是麻衣的和香身穿熟悉的峰原高中夏季制服。雖然是薄的材質，她在還很熱的夏末穿了黑褲襪。咲太之前聽麻衣說這是為了防曬。藝人真辛苦。

和香大概是不習慣在夏天穿褲襪，因此頻頻在意著大腿根部，看起來莫名誘人。咲太忍不住盯著看。

「咲太。」

不過，臉頰立刻隨著這句帶刺的話語被用力捏了。

「麻衣小姐，請問有什麼事？」

「你是不是想入非非了？」

「對象是麻衣小姐的身體，沒關係吧？」

「現在是和香，所以不行。」

「那麼，我對這邊的麻衣小姐想入非非就行嗎？」

咲太詢問身穿千金學校制服的金髮少女。

「當然不行吧？」

「不然要我怎麼做？」

「不准正經地問這種問題。給我忍著點。」

「怎麼這樣……」

「不願意這樣的話，就努力讓我跟和香恢復原來的身體吧。」

「不過只要內在是麻衣小姐，就算是現在的外表，我也不在意啊。」

「我跟和香會在意。」

咲太他們一邊這樣閒聊一邊走向藤澤站。

人口四十二萬的市中心設立的車站正處於早上上班上學的尖峰時段。

麻衣要前往橫濱的學校，在這裡和兩人分開。麻衣搭乘東海道線，咲太與和香搭乘江之電前往七里濱站。

離別的時候，麻衣在ＪＲ驗票閘口附近叫住咲太。

「啊，咲太。」

「什麼事？」

正要走連通道前往江之電藤澤站的咲太把和香留在原地，走回麻衣身邊。

「我有個請求。」

麻衣抬頭看向走到面前的咲太。和香個子比麻衣矮，因此即使做出相同動作，氣氛也截然不同。一百六十五公分的麻衣做這個動作，頂多只是「揚起視線」的程度，但是不滿一百六十公分的和香做這個動作，完全就是「仰望」的感覺。

「這句話真希望麻衣小姐是用原本的外表對我說呢。」

「笨蛋。」

「就是麻衣小姐的魅力讓我變笨的。」

「是關於和香的事。」

咲太的胡鬧被麻衣正經的表情輕易消除。

「雖然我大致猜得到……不過我希望你問她發生了什麼事。」

「既然是離家出走，應該是和爸媽起摩擦吧？」

「應該吧，可是……」

麻衣有些為難地停頓下來，微微移開視線。

「原因或許是我。」

她輕聲說。

「有個全國家喻戶曉的姊姊很辛苦。是這個意思嗎？」

而且不是普通的親姊姊，是同父異母的姊姊。

「這是自我意識過剩？」

「既然是麻衣小姐的妹妹，在各方面應該很辛苦吧。要是被拿來比較就糟透了。」

而且以和香的狀況，她同樣進入名為演藝圈的戰場，所以更不用說了。

「你稍微貼心點啦。」

麻衣噘嘴露出鬧彆扭的表情。

咲太假裝沒發現。要說「沒這回事」否定麻衣這句話很簡單，但麻衣自己也不這麼認為，所以字面上的安慰毫無意義，還是正視問題共同解決比較好。

「總之，應該是身為母親……身為女性的尊嚴也成為和香的重擔吧。」

「尊嚴？」

「我之前沒說嗎？我的母親讓我以童星身分在演藝圈出道，是要嘲諷那個跑去找其他女人的父親。」

在電視上亮麗登場的「櫻島麻衣」後來也在演藝圈第一線活躍，如今晉升為全國家喻戶曉的紅人。展露這樣的風光模樣，大概就是麻衣所說對父親的「嘲諷」，是母親的「尊嚴」吧。

將好好表現的樣子展露給離開的對方看，藉以發洩心頭之恨，這是可以理解的人類情感，類似一種報復。有時候這種情感會成為原動力。

不過，成為父母願望犧牲品的孩子應該嚥不下這口氣吧。尤其年紀還小的時候，不可能理解父母這種難言之隱。

咲太斜眼瞥向正在等待的和香。

「那孩子之前也待在劇團，我昨天說過吧？」

「確實提過這件事。」

「雖然和我待的劇團不一樣……不過小時候，我們在選角會場見過面。」

「原來如此……」

在這種狀況的話更不用說，雙方母親的內心肯定不平靜。兩個母親將在選角會場的檯面下針鋒相對。

說穿了，麻衣與和香是代理戰爭的棋子。

而且這場戰爭的結果明顯到殘酷的程度。麻衣建立起當紅藝人的地位，相對的，和香離開劇團，如今投身成為走遍小型活動會場表演，正要崛起的新人偶像。

這種屈辱的日子大概扭曲了母女關係吧。或許和香就是因此才離家出走。

「這是麻衣小姐的請求，所以我會盡量問。」

「謝謝。那我走了。」

麻衣微微揮手，消失在驗票閘口的另一側。

咲太則是回到等他的和香身邊。

「久等了。」

咲太一邊說一邊穿越ＪＲ車站延伸出來的連通道。前面看得見百貨公司大樓，一旁是江之電

藤澤站的驗票閘口。

「剛剛講了什麼？」

穿過驗票閘口時，和香這麼問。

「嗯？」

走到月臺深處的咲太回應。

「姊姊。」

「很在意嗎？」

說實話也無妨，但咲太覺得時機未到，所以打馬虎眼。

「煩死了。」

和香嘀咕之後撇過頭。

「……」

和香沒繼續問。兩人並肩站在月臺邊緣，反倒是咲太詢問自己在意的事。

「這麼說來，就這樣讓麻衣小姐去學校沒問題嗎？」

「啊？」

「我是問，偶像豐濱和香正常搭電車會不會引發騷動？」

「你是在瞧不起我嗎？」

「我是在擔心妳啊。」

「……」

和香目不轉睛地注視咲太想解讀他真正的意圖。麻衣不會做出露骨地顯露出懷疑的舉動。原來一個人只要內在不同，看起來就會差這麼多？咲太心想。

「完全沒問題。」

和香輕聲回答。

「沒人認識我。」

和香說著移開視線。從這句話的背後可以解讀出「我和姊姊不一樣」的情緒。大概是為了掩飾過去，和香繼續說：

「話說，擔心的人反倒是我。可以像這樣正常等電車嗎？」

「要是太有名，旁人反而不敢搭話吧？」

雖然這麼說，但果然很引人注目。尤其在麻衣重回演藝圈之後，經常聽見「那……那個！」、「唔喔，本人？」、「你去搭話啦。」或是「應該你去搭話啦。」之類的話。

這種反應反倒完全沒問題，麻衣從未露出在意的樣子。雖然沒說出口，但造成麻衣困擾的是照片。對於提出「方便合照嗎？」這種要求的人，麻衣會樂於答應，但是遠遠偷拍的人占絕大多數，麻衣對此似乎很感冒。

現在也是，一名穿西裝的男性拿著智慧型手機頻頻看向麻衣，趁著電車進站時將鏡頭朝向這裡。

「麻衣小姐站這裡。」

「啊？怎麼了？」

咲太將手放在和香的肩上和她交換位置。這樣鏡頭應該會被咲太擋住，拍不到麻衣的身影。

緊接著響起快門聲。察覺狀況的和香從咲太身後觀察鏡頭。男性掩飾般假裝在拍洋溢復古氣息的車廂。

「……」

和香似乎想說些什麼。

「只是這種程度，我還不會認同你。」

咲太假裝沒發現，她就忍不住這麼說了。

「妳也不需要認同。」

咲太從最前面的車門搭上電車。

他帶著和香來到另一側車門的旁邊。早上的電車雖然沒擠得像沙丁魚罐頭，卻也沒空到有位子坐。

咲太站在和香前面抓著吊環。

不久，發車鈴聲響起，車門關上。電車起步，窗外景色也隨著移動。高大的車站大樓很快就看不見，映在車窗上的是清靜的住宅區。

和香挺直背脊眺望窗外景色。側臉帶著憂鬱氣息，看起來不在乎周圍的乘客。旁人投向她的感興趣的視線，她也一直假裝沒發現。

像這樣只看外表，她是貨真價實的「櫻島麻衣」，實在不覺得內在是另一個人。

和香確實表現出麻衣的舉止風格。

電車不斷停下與起步，一站站接近學校所在的七里濱站。

——下一站是江之島，江之島站。

響起熟悉的車內廣播，隱含懷念氣息的沉穩女聲。

「好像公車。」

「嗯？」

「剛才那個。」

聽她這麼說就覺得確實如此。

電車離開江之島站之後，迷途似的進入狹窄的空間。抵達下一站腰越站的時候，電車有如鑽過民宅之間的縫隙般行駛。

「電車可以走這裡嗎？」

窗外是某間民宅的入口。那家人是從緊貼電車的那扇門進出嗎？咲太搭乘這條路線的電車至今已第二年了，卻依然沒解開這個謎。

和香經常對映入眼簾的事物表示興趣，卻很快就扼殺情緒，回復為麻衣應有的表情。

「妳確實裝得很像呢。」

咲太看著和香假扮麻衣的舉止風格，率直地感到佩服。撥頭髮的小動作也很像麻衣本人。

「我小時候經常模仿別的角色。」

和香如此回答，連講話都學麻衣的語氣。

「她曾經是我的驕傲……我的憧憬。」

這句話使用過去式有什麼含意嗎？為何感覺像是有點沒趣般如此嘀咕？數個疑問掠過咲太腦海，但他還沒說出口，和香就「啊！」地開心輕呼。

在民宅間穿梭的電車來到沒有遮蔽物的海岸，車窗外的風景改由大海、天空與水平線塗滿。從白到藍的天空漸層，此外，海的深藍色在朝陽照耀下閃爍，筆直拉長的水平線宣告景色終結。

只有這時候，和香露出不同於麻衣的表情。下意識露出的笑容比麻衣本人稚嫩得多。

看海一陣子之後，電車抵達咲太與麻衣就讀的峰原高中的所在地——七里濱站。

咲太與和香下車的車站是沒有像樣的驗票閘口的小車站，有如走在路上突然出現一座車站的神奇場所。走下短短的階梯就來到站外。

即使是首度造訪的地方，和香也面不改色地走在咲太身旁。只是她眉心出現些許皺紋，大概是潮水味很稀奇吧。

從車站走到學校不到五分鐘。只要穿越一個平交道，校門就在眼前。

穿過校門時，和香輕聲搭話。

「欸，超多人在看我。」

「當然啊，因為麻衣小姐是名人。」

「絕對不只是這樣。我有哪裡怪怪的嗎？」

和香不安地確認自己的模樣。

「乍看完全是麻衣小姐，放心吧。」

「不然是為什麼？」

「哎，因為那件事吧。」

咲太想到一種可能性。其實在昨天的始業典禮，他也感受到類似的視線。

「哪件事？」

和香一臉完全不懂的表情。她第一次接觸這裡的氣氛，這也在所難免。

「這個學校的人知道我和麻衣小姐在交往。」

「這又如何？」
「然後，前天以前都還是暑假。」
「就說了，這又如何？」
「我們是否在暑假期間走上成人的階梯，他們大概很感興趣吧。」
「……」
和香沒立刻反應。她思考一陣子之後，似乎終於想到答案。
「意……意思是……那個，換句話說就是那……那……那件事？」
她以高八度的聲音詢問。
「哪件事？」
和香的反應很有趣，所以咲太先裝傻。
「那……那件事，就是……那檔子事……」
和香似乎連講出來都會害羞，聲音愈來愈小，到最後幾乎聽不到。她連耳根都變得通紅。
「哪檔子事啊？」
「就是……上……」
和香剛開口，臉就更紅了。
「『上』？」

「上……上……上……我哪說得出口啦！」

和香氣沖沖地握拳打咲太的肩頭。挺痛的。和香原本的外表看起來好像很會玩，不過到最後卻害羞得連「上床」都說不出口。

「要注意語氣跟態度喔。」

咲太輕聲告知和香。她突然大喊，引來周圍的視線。

「……」

和香像是突然想起來般，靜靜放下拳頭，但視線依然充滿對咲太的不滿，害羞也還留在臉上。大概是在想像咲太與麻衣做那種事吧。應該是這樣沒錯。

「我昨天自我介紹的時候說過我們是進行清純的交往對吧？」

「那……那你們進展到哪裡了？」

和香像是非得搞清楚才肯罷休似的逼問。

「妳沒問？」

這句話當然是「妳沒問麻衣小姐？」的意思。咲太之所以沒說出口，是因為覺得旁人聽到可能會覺得奇怪。

「她要我問你。」

「是喔……」

「別賣關子。這樣我會抓不到距離感吧?」

「總之，就當成交往兩個月的感覺吧。」

「兩個月啊……兩個月……意思是至少牽過小手了?」

「小學生嗎?」

「吵……吵死了!」

「啊，笨蛋!」

和香第二次大喊，使得走在周圍的學生們對他們露出疑惑的表情。

「嗚哇～對不起，麻衣小姐，別這麼氣啦～～」

咲太隨便作戲敷衍過去。

「知……知道就好。」

和香故作平靜勉強帶過。在周圍的注意力分散之前，兩人暫時默默行走。

「那……那個……接、接、接……」

「妳在模仿猴子嗎?真像呢。」

「我……我是說『接吻』啦，笨蛋!」

「……」

「有……有接吻嗎?」

「沒有沒有。」

咲太覺得這時候說「有」會引發騷動，所以面不改色地說謊。看來和香和原本的外表相反，內在清純到在這個時代相當罕見。

「不然進展到哪裡？」

「大概是牽過小手的程度。」

「誰……誰才是小學生啦！」

討論情侶設定沒多久，咲太與和香抵達校舍入口。咲太假裝很寵女友，帶和香到麻衣的鞋櫃前方。

彼此換好室內鞋之後，上樓前往教室。

咲太的教室在二樓。三年級教室在三樓，所以他在二樓跟和香道別。

「三年一班喔。」

「我知道。座位是靠窗倒數第二個。」

關於這部分，麻衣似乎在昨天有好好說明過。

「之後只要乖乖坐在座位上，默默上課就行了吧？」

「想上廁所就去上，不要憋著啊。」

「你覺得我是笨蛋嗎？」

「我覺得妳是意外聽不懂玩笑話的傢伙。」

「……」

和香不滿地瞪過來。這是有自覺的表情，或許之前有人對她這麼說過。

「發生什麼事就到二年一班。」

「知道了。晚點見。」

和香在意周圍的學生，立刻戴上麻衣的面具，露出微笑向咲太揮手。這個動作很像麻衣。

咲太看著和香的身影消失在三樓。

「梓川，別擋路。」

此時，一名上樓的女學生以不高興的語氣這麼說。身穿白袍的女學生，咲太屈指可數的朋友之一——雙葉理央。

留長的頭髮在後腦杓綁成一條馬尾。像是看到無聊東西的雙眼隔著鏡片看向咲太。

「雙葉，妳來得正好。我有事要商量。」

咲太如此回應之後，理央露出更抗拒的表情，證明她猜到咲太想商量什麼事。

「梓川，要不要去驅魔？」

「為什麼？」

「你捲入這麼多麻煩事，卻沒發現自己這麼不幸？」

「覺得自己不幸是自己想太多吧？大家肯定都是這樣喔。」

「既然你這麼認為就算了，不過……」

說到一半停頓下來的理央以眼神訴說：「不要把我捲入你的不幸。」

3

「先不考察究竟發生什麼事，不過以這次的案例來說，解決之道顯而易見吧？」

咲太在午休時間造訪物理實驗室，理央劈頭這麼說了。咲太已經在早上班會前告知現狀。

咲太在中午前來販售的阿姨麵包店買了炒麵麵包，如今隔著實驗桌坐在理央面前啃麵包。兩人中間是以瓦斯爐加熱的燒杯，燒杯裡的水在冒泡。

水沸騰之後，理央將開水倒入速食冬粉碗裡。

「在減肥？」

咲太不經意詢問之後，不知為何被理央瞪了一眼。

「因為某個像是『粗神經』穿著衣服到處走的人說我『重』。」

「這傢伙是誰啊？」

「讓我坐在腳踏車貨架的你。」

「……原來如此。」

咲太聽她說就想起來了。那是在暑假發生的事。深夜叫佑真出來，要前往海邊放煙火時的事。咲太當時確實讓理央坐在腳踏車貨架上。

「被梓川暗自覺得『很胖』的人生何其屈辱。」

看來她記恨頗深，最好趕快回到正題。

「所以，妳說的解決之道是什麼？」

「梓川的個性真棒耶。」

「謝謝。」

「如果依照過去的案例，可以在某種程度定義思春期症候群的成因……」

「嗯。」

「我覺得是人類不穩定的心理狀態引發不可思議的現象。」

「這我同意。」

過去遭遇的案例……尤其是理央與朋繪的事件，咲太覺得可以輕易套用這個假設。

「既然這樣，去除讓對方心理不穩定的原因就行了。」

「哎，確實是這樣。」

「只是稍微聽過原委的我都可以想像原因在哪裡，所以你當然也察覺了吧？」

理央一邊說一邊將手機螢幕朝向咲太。

上面顯示的是整理偶像團體「甜蜜子彈」活動行程的粉絲網站。

網站記載出道時間大約一年前。經過挖掘新人的選秀活動，七人獲選成為團員開始活動。後來發行五張單曲ＣＤ，但是銷售量不盡理想。即使是上市首週的排行榜，也只有一張打進前二十名。

舉辦的演唱會幾乎都是和事務所其他偶像合辦的活動，場地大多是小型的展演空間，最大的規模也大概三百人左右。

上電視的次數屈指可數，而且列出的節目大多是地方電視台的節目。

和香在團體裡的受歡迎程度大概是第三或第四。總共是七人，所以排名幾乎在正中間。暱稱是「小香」。

以一支智慧型手機瞬間就能得知這麼多情報，可見這個時代多麼便利。

「順帶一提，這是櫻島學姊。」

理央先收回手機操作了一下，然後再度拿給咲太看。從麻衣在晨間連續劇亮麗出道一直走到今天的足跡，都井然有序地條列在畫面上。不只是大受歡迎的電影與連續劇片名，甚至詳細記載她得過的各種獎項。

光是全部瀏覽一次就得費一番工夫。

理央說得對，理由如此明顯。

簡單來說，就是對於優秀姊姊的自卑感。不對，是對於過度優秀的姊姊的自卑感。

「不過啊，這種東西該怎麼克服？」

「成為國民偶像不就好了？」

理央一臉正經地說。

「我是很正經地在問問題。」

「我是很正經地在回答問題。」

理央打開碗蓋，以塑膠叉子吃起速食冬粉。咲太期待她講點別的話，但她直到吃完都沒給好臉色看。看來對女生說「重」這個字就會遭到這樣的處罰。今後得小心才行。

聽過理央寶貴的建議之後，咲太在下午上課時思考如何培育和香成為頂尖偶像。

但咲太不是幹練的製作人，不可能想得到這種方法。他早早就察覺辦不到，不得已只好心不在焉地聽課，隨便打發下午的時間。

從當事人口中問到詳情再好好思考也不遲。目前麻衣與咲太都還沒從和香口中問出她離家出走的理由。

放學後，咲太前往三年級教室接和香，卻在階梯轉角處撞見她。

「喔，這是命運。」

「哪算啊？」

和香傻眼地說了。大概是今天一整天假扮麻衣的影響，她比早上更像麻衣。

這麼一來，在沒有熟人的校內，基本上應該沒有學生會覺得麻衣不對勁。

「好啦，不是要回去嗎？」

在和香催促之下，咲太和她並肩下樓，從三樓平台走到二樓。

「總覺得難以置信。」

從二樓走到一樓時，和香輕聲說。

「嗯？」

「原來在學校真的沒朋友。」

「我並沒有親眼看見，不過麻衣小姐一年級的第一學期要工作，好像完全沒上學。」

班上的小圈圈、學校的氣氛……完全錯失融入其中的時機。麻衣說她從童星時代就一直待在演藝圈，在國小與國中也沒能順利融入班級，這樣的她不可能補回落後的分，因為她不知道「正常」的交友方式，就這麼走到今天……

「總覺得理由太普通了。」

「理由這種東西當然普通啊。」

「……哎，或許吧。」

和香慢半拍的回應莫名蘊含了真實感，大概是回想起自己也不適應高中的人際關係吧。

走出校門，眼前的平交道響起警報聲。

「平交道之類的，真令人懷念。」

和香不經意低語。

「這是都市孩子在炫耀嗎？」

最近鐵路高架化工程很多，沒有平交道的路線也增加了。

「這種事算不上什麼炫耀。」

聊著聊著，從七里濱站出發的電車從面前經過。速度很悠哉，甚至可以清楚確認乘客的長相，也不時看得到早早放學的峰原高中學生身影。

目送電車的車尾逐漸遠離之後，警報聲停了。周圍突然變得安靜，同時柵欄緩緩上升。

等待通行的學生們紛紛踏出腳步。咲太與和香也成為人潮的一部分，穿越平交道。

眼前是筆直延伸的平緩下坡，盡頭是134號國道。再往前就只有大海，在傾斜的陽光照耀下閃閃發亮。

沿著坡道往上吹的風有著夏季結束的味道。

「海……」

在右轉進入車站的其他學生之中，和香自然停下腳步。

原本要朝車站轉彎的咲太見狀，改為朝大海前進。

「繞路走走吧。」

咲太不等回應，朝七里濱的海踏出腳步。

和香的腳步聲隨後跟上。

穿越綠燈遲遲不亮的１３４號國道之後，和香快步走下階梯，站在沙灘。

「真的是海耶。」

「橫濱也有海吧？」

「有沙灘的海才棒。」

和香即使走得不是很順，依然享受著沙灘的觸感。

今天不是假日，幾乎沒人來玩。只有帶著小孩的全家福，以及九月還在放暑假的大學生。此外，海面看得見零星的風帆。

相較於盛夏的海水浴場，甚至讓人覺得有點惆悵。
「這個，我也可以下去嗎？」
如此詢問的和香看著在海岸線的年幼孩童。
「是不用申請許可啦……」
「那我要下去。我快熱死了。」
咲太還沒說完，和香就插話回應。
「妳的那個要怎麼辦？」
咲太指著包覆和香雙腿的黑褲襪。
「啊？當然是脫掉啊。」
和香剛說完，雙手就從裙子兩側鑽進裙底消失了。看她稍微摸索了幾下就把褲襪褪到膝蓋一帶，至於膝蓋以下的另一半，她將手扶在堤防支撐身體，以像是轉身向後的姿勢單腳向後抬高，脫下褲襪。
真俐落。裙底風光若隱若現的卓越技術。
這就某方面來說非常撩人。
「總覺得脫褲襪的女生好性感呢。」
「不……不准看啦，笨蛋。」

「我是男友，原諒我吧。」

「就算在交往，不行的事情還是不行啦！」

和香以相同方式脫下另一隻腳的褲襪，將褲襪揉成一團塞進書包，扔下咲太，跑到海岸線。

「啊～～好舒服。這是怎樣？大海太棒了！」

和香和腳邊的浪花嬉戲。

「大海確實太棒了。」

平常沒什麼機會欣賞麻衣裸露雙腿。好耀眼。恐怕是第一次在她穿制服的時候欣賞。

「你……你為什麼盯著腿看啊？」

「超棒的。」

「不准用色瞇瞇的眼神看姊姊的身體！」

「好想被夾在中間。」

「……」

和香啞口無言，完全不敢領教。看來她誤會了。

「話說在前面，是夾臉。」

「以為夾臉就沒問題，這種想法太奇怪了。說真的，去死吧。」

「如果是麻衣小姐，她會說『只不過是夾住比自己小的男生的臉，算不了什麼』。」

「……姊姊究竟覺得這種傢伙哪裡好啊？」

「……」

「那是什麼死魚眼，有意見嗎？」

「沒意見，但有疑問。」

「啥？」

咲太從昨天就一直在想這件事。

「小姐，妳為什麼在麻衣小姐面前不叫她『姊姊』？」

不知為何，和香中途就改口叫她「麻衣小姐」。

「……」

「還用那種不上不下的敬語，妳對她的態度和對我差太多了吧？」

「那當然啊，畢竟是演藝圈的老前輩。」

和香像在隱瞞真心話般移開視線，注視沖到腳邊的波浪。

「只有這樣？」

「沒錯。」

「那妳為什麼離家出走是跑去麻衣小姐家？」

「啊？」

「一般來說，離家出走自顧不暇的時候，有所顧慮而不稱為『姊姊』的人應該不會成為投靠的對象吧？」

「……」

「像我就會投靠更知心的朋友。」

和香自己說過她在家鄉有許多國中時代的朋友，也說她住過朋友家。

「我跟你不一樣。」

「應該是有話想對麻衣小姐說吧？」

「！」

和香肩膀一顫。雖然她外表是麻衣，卻不像麻衣擅長擺撲克臉，完全被咲太的話語引導。

「比方說『我很討厭姊姊』之類……」

「不是！」

咲太還沒說完，和香就插話否定。

「不是……」

她再度低語。

不過，這句話聽起來只像完全相反的意思，強烈的否定成為肯定。至少咲太只認為是如此。

「哎，無妨吧？」

咲太沒配合和香激動的情緒，以悠哉語氣回應。
「……」
和香犀利地瞪過來，想看出咲太真正的意圖。
「既然離家出走，應該是和家人鬧翻了吧。」
「……」
無言的肯定。
「如果原因在麻衣小姐，難免會討厭她。」
「！」
和香瞪大雙眼。看來被說中了。
「什麼嘛……你這傢伙是怎樣啦！」
「女生在男友花心的時候，真的會責備第三者耶。」
不過以麻衣的狀況來說，咲太覺得她肯定會徹底欺負他自己……
「我什麼都沒說吧？」
「這種事，我不用妳說也知道。麻衣小姐也大致察覺了。」
「騙人……」
「真的喔。今天早上她叫住我，就是在講這件事。」

「……這……這跟你無關！」

「既然這樣，就快點把身體還給我的麻衣小姐。」

「……」

和香沒移開視線，筆直瞪過來，大概是不欣賞咲太的態度吧。不過這是彼此彼此，所以只能讓她忍著點。

「你這傢伙是原因嗎？」

和香沉默片刻之後這麼問。

「什麼原因？」

「姊姊復出演藝圈的原因。」

和香的眼神很嚴肅。

「不是。」

如果問麻衣相同的問題，麻衣恐怕會說「ＹＥＳ」。但咲太不這麼認為，他覺得這只不過是時間問題。只是因為咲太多嘴，才促使麻衣稍微提早復出。

麻衣非常喜歡演藝工作，所以咲太覺得她到頭來遲早會忍不住復出。

和香以疑惑的視線看向咲太。咲太無視於她，撿起沙灘上的小石塊扔向大海。

「原來如此，麻衣小姐重回演藝圈，成為妳和母親吵架的火種嗎？」

麻衣復出之後已經接拍了好幾部連續劇。每次都只出場一集，不然就是特別時段的單元劇，不過大多是重要角色。她以令人佩服的存在感演好每個角色。

此外也拍了幾支廣告，只要打開電視一小時，至少可以看到麻衣一次。

「……」

和香問過咲太之後就不說話了，或許是覺得繼續講會自掘墳墓。

她穿上鞋子，不高興地大步離開沙灘。咲太不得已只好跟在後面。

「不准跟來！」

「我們回家是走一樣的路，別吵架啦。這樣很尷尬吧？」

「為什麼是當事人講這種話啊？」

「啊～～好討厭的氣氛。」

「……」

這次和香真的不再說話。看來她真的生氣了。

到最後，直到抵達住處，咲太與和香都沒交談。咲太會定時搭話，但和香不發一語，也不肯和咲太視線相對。

歸途這三十分鐘左右的忍耐大賽由和香獲勝。

「回去之後，要好好和麻衣小姐談談啊。」

在彼此的住家門前告別之前，咲太對和香這麼說。

「……」

和香依然不說話，連看都不看咲太一眼。這樣就沒轍了。

「再見。」

咲太說完打算回家。

「等一下。」

真是意外，和香叫住他了。

「什麼事啊？」

和香依然低著頭。

「……我不想回去。」

「啊？」

「可以暫時借住嗎？」

和香終於揚起視線看向咲太。

「畢竟你幾乎都看穿了……事到如今，我不敢住姊姊家了。」

保密的事情其實對方已經知道，這種狀況確實尷尬。

「只是被我看穿，別在意啦。反正麻衣小姐應該也看穿了。」
「所以更不行了啊！而且我現在是這個身體，去不了任何地方……」
她這番話某些部分合理，某些部分不合理。
「妳要怎麼對麻衣小姐說明？」
「這……」
「沒想過？」
「……你巧妙地跟她解釋一下吧。」
「這樣麻衣小姐會罵我吧？」
「要是不讓我住，我會很為難。」
「不要，好麻煩。」
「有什麼關係啦！」
「喂，不要在公寓前面這麼大聲，會吵到鄰居。」
這道聲音來自身後。一名金髮少女從車站方向走過來。是麻衣。
「怎麼了？」
「……」
和香沒回答麻衣的問題。正確來說是無法回答。她視線往下，以沉默回應麻衣的追究。

接著，麻衣將視線移向咲太。

她的雙眼當然在詢問相同的問題。

這時候該怎麼回答？

老實說，咲太覺得這不是旁人該插嘴的問題。就算退一百步來想，咲太剛好就在現場，由和香親口說出來還是絕對比較好。這應該是要由兩個當事人去面對的問題。

「……」

不過，很難期待堅持沉默的和香打破僵局，這也是事實。既然這樣，即使做法稍微強硬一點，也只能由咲太製造契機。就算低頭沉默，事態也不會有所進展。

何況如果是麻衣，或許可以巧妙地承受和香的情感。咲太也抱持這樣的期待。

「豐濱小姐說如果和麻衣小姐在一起，在各方面都會不太方便，所以想住我家。」

「……」

和香以像是看著叛徒的眼神瞪過來。雖然引發誤會很麻煩，但咲太總是站在麻衣這邊。

「理由呢？」

麻衣平淡地提出理所當然的疑問。

「……」

和香沒回答，現在依然低頭保持沉默。這樣會沒完沒了。

「呃～～就是……」

這次咲太也代替她開口。

「等一下……」

此時，和香略帶猶豫地插嘴。

「……我自己說。」

看來與其由咲太說，她寧願自己說出口。既然這樣，咲太就沒必要出面了。

「我……」

和香停頓片刻之後，好不容易開口。

「我……一直被拿來比較。」

她一字一句開始說明。

「從小就一直這樣……就算參加選角，也總是麻衣小姐獲得工作。媽媽每次都罵我，『麻衣做得到的事，為什麼和香做不到？』這樣……」

「……」

麻衣不發一語也沒移開視線，目不轉睛地注視和香。

「麻衣小姐停止演藝活動之後……我終於以甜蜜子彈的團員身分出道。媽媽也變得溫柔了點，還稱讚我……可是，可是，妳為什麼復出了？在特別節目的單元劇拿到好角色！還拍很多廣告！只要看時尚雜誌，每個月都會上一本封面！為什麼要妨礙我？」

「……」

「輕易超越我好不容易才立下的成就……大家眼裡總是麻衣小姐，媽媽同樣滿腦子都是麻衣小姐！不要搞砸我至今所有的努力好嗎？」

「……」

即使承受和香的激動情緒，麻衣同樣不發一語，表情也沒有變化。反倒是出言責備的和香露出難受的表情。

即使如此，和香事到如今也無法退縮，直到最後都沒移開視線。

「超討厭……」

顫抖的聲音變低。直到剛才的火熱情緒完全冷卻，和香的雙眼蘊含冷靜。

「我超討厭姊姊。」

緊繃的氣氛，感覺聲音逐漸從周圍遠離。

連色彩都慢慢從乾燥的世界消失。

在這個染成灰色的世界，產出第一句話的人是麻衣。

「這樣啊，太好了。」

麻衣安心般輕吐一口氣。

「咦？」

和香大概是聽不懂這句話的意思，不禁做出率直的反應。但是麻衣接下來的話語令她倒抽一口冰冷的氣。

「因為我也討厭和香。」

語氣平淡，冷漠的態度蘊含強烈的寒氣。

「……」

和香整個人僵住也在所難免。聽到「太好了」而稍微大意時，卻遭受這種對待。從她蒼白的表情看得出她大受打擊，一臉受傷的樣子。老實說，麻衣的反應也嚇到咲太了。

「妳明明先說『超討厭我』，為什麼又會嚇到？」

麻衣說得很對，但和香應該沒預料到會遭這種反擊而受到重創，真的是一臉蒼白。她似乎想說話，但顫抖的嘴脣說不出有意義的話語。

麻衣看著被自己親手逼入絕境的和香，繼續說下去。

「拋棄我而離開的父親和其他女人生的孩子，跟我無關。」

這個說法也很中肯。原本兩人肯定不應該見面。

「原因都是父親神經太大條。不只是拋棄家庭，首先讓我和妳見面的人也是他。」

「……」

和香甚至無法看麻衣的臉，就這麼注視著柏油路面的某一點，承受如同利刃的話語。

「我並不是說我不欣賞妳的所作所為，但妳也理解一下我對妳的心結吧。」

聽到這種話的時候該怎麼回答才對？畢竟要在理解之後予以肯定也很奇怪，要是反過來否定，事情又會變得更複雜。

「……」

像和香現在這樣低頭沉默，應該是正確解答吧。人生當中滿是無法辨別是非的事情，多到令人不耐煩。

4

咲太泡在浴缸裡想事情時，劉海前端滴下的汗珠晃動平靜的水面。

他忽地回神。

看來泡了很久，身體完全變紅了。繼續泡肯定會泡暈吧。

雖然事情只想到一半，但咲太決定離開浴缸。

說起來，他思考的是想幾個小時都得不出答案的事。

麻衣與和香相互抱持的情感，咲太認為並非單純到能以「討厭」或「超討厭」來形容，而是更深入的問題，也是因為關係親近所以更加複雜的家庭問題。

不是外人可以插嘴說三道四的問題。

「將來我和麻衣小姐結婚的話，就是家庭問題嗎……」

咲太一邊擦乾身體一邊正經地自言自語。

之後他穿上短褲，赤裸上半身離開更衣間，筆直前往客廳。

感覺得到客廳有人。

坐在電視前面的是金髮少女。她操作遙控器，心不在焉地轉台。雖然外表是豐濱和香，但內在依然是麻衣。

兩人剛才大吵一架之後不可能共處，所以麻衣拜託咲太讓她住進來。

楓到玄關迎接咲太時的反應很露骨。她被咲太帶來的金髮少女嚇到，逃進房間深處。

「哥……哥哥覺醒成為不良少年了……」

「不，沒覺醒。」

「哥哥變成小白臉了……」

「這是怎麼解釋來的？」

「又帶新的女人回家。」

「原來如此，是這個意思啊。」

最近這幾個月從麻衣開始，接著是翔子、理央與和香。列出來過家裡的女生名字，就覺得不能責備楓這麼說。

「可……可是，沒關係喔！」

楓頗為堅定地說。

「這次又是在說什麼？」

「我會對麻衣姊姊保密。」

「嗯，楓，謝謝。」

「哥哥說過，男人需要冒險。」

「不，我可不記得我有講過這種話。」

咲太的辯解徒勞無功，站在後面的麻衣狠狠地捏他屁股。咲太差點發出怪聲。

掀起這陣風波的楓似乎睡了，不在客廳。看向時鐘已經超過十二點，是孩子睡覺的時間。

「洗好久呢。是在想我的事嗎？」

麻衣惡作劇地詢問。

「我總是在想麻衣小姐的事。」

「是是是。」

「我是說真的。」

「實際的真相是什麼？」

「只是稍微沉迷於潛水艇遊戲而已。」

「……」

夾雜侮蔑的傻眼表情。

「咦，妳知道這是什麼遊戲？」

「現在立刻離開這個話題，不然我要翻臉嘍。」

麻衣眼神很認真，所以咲太乖乖幫嘴巴拉上拉鍊不再說話，改為從冰箱拿運動飲料喝。是麻衣擔任廣告代言人的商品。兩人目光相對，麻衣露出滿意的微笑。

「那些傷，沒消失耶。」

但她立刻收起笑容這麼說。刻在咲太胸口的三條爪痕，有如血腫般稍微變色，從兩年前就一直留在那裡。

「要摸嗎？」

「為什麼？」

「因為我希望麻衣小姐摸。」

「別說蠢話，快穿上衣服吧。」

麻衣撇過頭去。

「不會少塊肉，所以可以儘管看喔。」

「要是男生的裸體烙印在和香眼底會很麻煩吧？」

「她又不是孩子……」

「她還是孩子。」

「是誰跟這個孩子大吵了一架？」

「那個……」

麻衣反射性地想要反駁，卻在中途緘口。她尷尬地支支吾吾，假裝看電視。電視在播放深夜體育新聞。畫面上是進入例行賽尾聲的職棒精彩片段，不過這些資訊應該沒裝進麻衣腦袋。她看起來心神不寧。

「妳剛才想說『那個不是真心話』？」

「是真心話。」

麻衣立刻回應。

「我由衷這麼認為。現在也這麼認為。」

聲音與表情都不像是在說謊。

「不過，看來這不是全部的想法。」

「……」

這次麻衣沒回應。不過感覺是在肯定咲太這番話。

「畢竟即使是討厭，也有各種討厭。」

咲太穿上T恤之後坐在麻衣身旁。

彼此肩膀差點相觸的微妙距離。

「不要黏這麼緊啦。」

麻衣推著咲太的肩膀，稍微離開。

「也不能坐旁邊？」

「感覺你好像會把我撲倒。」

「被發現了？」

「要是敢對和香的身體做這種事，我就讓你的身體再也不能玩潛水艇遊戲。」

麻衣在這方面的態度始終如一，從一開始就是這樣。不准咲太碰和香的身體，即使明言「討厭和香」到那種程度，依然親切地直接叫她「和香」。

「這是我在浴室唯一的樂趣，我不想失去。」

「唉，為什麼你笨成這樣？」

「只要是男生都會這樣玩喔。」

「小學生的話我還能理解……話說，我不是說不准講這個話題嗎？和香的嘴都髒了。」

「是妳先提的吧？」

「……」

麻衣不滿的雙眼映著咲太的臉。她應該不是在責備潛水艇遊戲這件事。

麻衣違背本意引發口角，因而傷害和香也傷害了她自己。所以麻衣要求咲太講其他話……講一些更溫柔的話。應該是這樣。

「我覺得率直最好喔。」

不過，咲太選擇的是這種話語。麻衣在態度上要求對她溫柔，但要是咲太隨便出言安慰，麻衣心情肯定會變差。咲太知道麻衣以這種奇怪的方式嚴以律己。

「我不想聽這種中肯的論點。」

「賭氣的麻衣小姐超可愛耶。」

「意思是和香很可愛？」

「唔哇～～有夠麻煩。」

咲太做好被罵的覺悟，毫不客氣地如此回應。

「……」

麻衣默默瞪了他一眼，卻立刻放鬆表情。

「我剛才也有點自覺。」

她說完露出苦笑。

「那麼……我要借用浴室喔。」

麻衣輕輕起身。咲太目送她離開客廳，她在進入更衣間之前轉身。

「敢偷看就捅死你。」

「要捅的話，麻煩等妳回到原本的身體再捅。」

如果這將是人生最後的絕景，咲太想在最棒的狀態下欣賞。

「笨蛋。」

麻衣露出有點傻眼的笑容，關緊更衣間的門。

不久，裡面傳出淋浴聲。

「希望明天就能復原啊。」

留在客廳的咲太逕自低聲說出這個美好的願望。

第二章

冷戰開打

1

咲太的希望落空，即使隔天早上來臨，事態也毫無變化。真是遺憾。

而且說來傷腦筋，隨著時間一天天經過，咲太覺得事情越來越嚴重。實質上是吵架撕破臉的這種狀況，麻衣與和香逐漸當成了日常並且接受。

回過神來，從那天之後過了十天。

由於身體對調，兩人會交換最基本的情報，卻沒有更多對話，當然也沒有其他交流。

只有進行制式化的簡單業務聯絡……這樣的報告會也絕對不是兩人自己進行。聚會地點是咲太家，咲太也理所當然般每次都參加。

「有什麼要報告的嗎？」

「沒有。」

「麻衣小姐呢？」

「沒有。」

「我覺得就算是小學生被逼著寫的日記，也有一些可以講的事情吧？」

「……」

「……」

即使咲太想緩和場中氣氛，也只有空虛地吹起沉默的風。

由於是這種狀況，麻衣依然住在咲太家。以「豐濱和香」的身分待在咲太家。

那天互嗆「討厭」與「超討厭」的心情，至今依然懸著不去處理。

隔離兩人的冰牆甚至沒有融化徵兆，感覺反而每天增厚變大，這應該不是咲太的錯覺。在地球暖化日漸嚴重的現在，麻衣與和香兩人全力違反這個趨勢。

那天的話語……無論是麻衣還是和香，咲太認為應該不是一時衝動說出來的。那不是忍不住就脫口而出的話語。

是有所自覺、有所理解，明知會傷害對方卻說出來的話語。

不是只要道歉就能原諒彼此的話語，應該是有覺悟可能訣別而說出來的話語。

只是因為這樣，咲太覺得兩人第二天之後的態度非常奇怪。兩人的行動有個共通點。

麻衣每天早上換上千金學校的制服出門，放學後以偶像團體「甜蜜子彈」成員的身分到舞蹈教室上課，沒課的日子則是自己看練習影片磨練舞技，或是自己去KTV練歌。

和香也差不多，每天早上和咲太上學，不和任何人說話地度過一天，繼續完美假扮麻衣，此外也專心準備飾演藝人「櫻島麻衣」。像是現在，和香也在放學回家的電車上練習做表情。明天

就要拍運動飲料的廣告。
她在練習自然展露笑容。
在回程車站巧遇昔日因為小事而起口角的朋友——廣告要呈現這個尷尬的場面。導演要求的是彼此不再裝模作樣，不禁露出笑容的難為情演技。
咲太覺得和香練習時的表情和麻衣很像，不過僅止於「像麻衣」的感覺，留有一點點不對勁的生硬，隱約有點做作。麻衣本人的演技就沒有這種感覺。
「怎麼樣？」
和香收起偽裝的笑容，正經地詢問。
「我覺得這方面問麻衣小姐比較好吧？」
「沒人在問你這種問題。」
「那麼，妳問我這個外行人，我也很為難。」
「啊，是喔。那就算了。」
和香不悅般轉過頭去，卻立刻再度練習表情。這兩三天一直是這種感覺，抓緊時間不斷摸索，希望盡量做到更好。和香自己大概也覺得和麻衣不太一樣吧，這種想法化為焦慮，她為了逃離這份焦慮而努力練習。
咲太看著和香緊張的側臉不久，電車抵達終點藤澤站。

「我要打工。」

咲太下車時說了。

「這我早上聽過了。」

「別繞路亂跑，要直接回家喔。」

「明天要拍廣告，我沒餘力亂跑啦。」

一走出驗票閘口，咲太就跟和香道別。和香的背影筆直朝住家方向遠離。看來正如她自己所說，回家之後要繼續為明天拍廣告做準備，為了成為她「超討厭」的麻衣……

「真搞不懂女生呢。」

完全看不見和香的背影之後，咲太逕自低語。

咲太在排班時間的十分鐘前抵達打工的連鎖餐廳。

「早安。」

咲太和店長打招呼，並且前往休息區換裝。裡面有人先到了。充滿現代感的輕柔短髮，坐在圓凳上的嬌小女生是咲太在峰原高中的學妹——古賀朋繪。

朋繪已經換好服務生制服。她在休息區的桌上攤開時尚雜誌，看來在熱衷研讀最新趨勢。

打開的頁面開頭印著「秋季提升女子力的必備法寶！」一行大字。

「早啊。」

咲太從朋繪的頭頂打招呼。

「啊，學長，早安。」

「妳繼續提升女子力要做什麼？」

「不要偷看啦。」

朋繪趴在桌上想遮住報導。不過咲太覺得這又不是羞於見人的東西……

「妳現在的女子力多少？」

咲太詢問這個不重要的問題，一邊鑽進休息區牆邊設置的置物櫃後方。那裡是男生更衣室。

「……大概是五吧。」

相當保守的數字。

「不，古賀應該有五十三萬左右吧？」

「哪可能這麼多，又不是櫻島學姊。她這個月的封面也好可愛……」

「嗯？麻衣小姐上雜誌了？」

咲太只換裝到一半就從置物櫃後方走出來。他聽到「麻衣」就無法保持沉默。

「呀啊！學長，性騷擾！」

朋繪滿臉通紅，舉起雜誌遮住眼睛。封面人物真的是麻衣，身穿秋裝大衣亮麗登場。隱含惡作劇氣息的成熟笑容，非常迷人的表情。

「學長，快穿衣服啦！我真的要報警嘍！」

朋繪拿出手機威嚇。

「我上半身穿得好好的啊。」

「我是要你穿好下半身啦！」

「我不是有穿內褲嗎？」

「要是沒穿內褲，我早就打１１０了！」

繼續鬧下去，朋繪可能真的會報警，所以咲太乖乖縮回置物櫃後方，套上長褲、穿上圍裙之後再度走出來。

鼓著臉頰的朋繪不肯看他。看來很生氣。

咲太隔著桌子坐在她的正對面，低頭看時尚雜誌。

果然無論看多少次，封面的麻衣表情都很棒。相較於假裝麻衣的和香，蘊含了決定性不同的自然感。

咲太隨手翻閱，麻衣也在前幾頁登場。白色的毛線裝、優雅的裙裝，連輕便的連帽衣裝都穿得非常好看。

某些照片是和其他模特兒的合照，其中也有麻衣提到的朋友「上板米莉雅」。是在露天咖啡

廳喝茶的照片。

「不會給你啦。」

朋繪將雜誌收到手邊以免咲太拿走。

「我還沒看完，而且還在研究。」

「免了，我看本人就好。」

基於真正意義看見麻衣「本人」的日子何時才會來臨？到目前為止，前途黯淡無光，伸手不見五指。

咲太思考著這種事，為自己與朋繪打卡。

「學長。」

「嗯？」

咲太一邊回應一邊轉頭，就看到朋繪露出由衷不敢領教的眼神。

「剛才那句話超噁心的。」

咲太伸出手想摸亂朋繪的頭髮，但她似乎事先察覺到，早早就往後逃了，還露出得意洋洋的笑容。

晚點再還以顏色吧。

時間來到下午四點，連鎖餐廳的店內閒了下來。現在是吃午餐嫌晚、吃晚餐嫌早的時間。遲來的下午茶時光慵懶地流逝。

雖然店內空位不到五成，客人也幾乎都是點飲料暢飲加甜點的套餐，此外頂多就是點一些簡餐，所以外場與廚房都可以從容應付。

到了六點多……進入晚餐時段之後才會變得匆忙。

多虧朋繪勤快工作，咲太只需將完成的料理端上桌以及做好收銀的工作。又幫一組顧客結完帳的時候，通知客人上門的鈴聲響起。

「學長，拜託了。」

正在收拾餐具的朋繪這麼說。

「既然是可愛學妹的請求，那就沒辦法了。」

「接客本來就是學長的工作！」

朋繪不悅地指責。看來她發現咲太今天一直輕鬆到現在。

「妳終於承認自己是可愛學妹了。」

「是已經懶得糾正了。」

朋繪留下這個傻眼的聲音，消失在餐廳深處。

沒人可以消遣之後，咲太走出收銀台迎接客人。

「歡迎光臨。」

咲太如此問候。

「一個人。」

站在店門口的少女這麼說。身穿千金學校的清純水手制服，卻以搶眼金髮搞砸形象，打破平衡的少女。

咲太說了「這邊請」邀她入座。

「麻衣小姐，怎麼了？」

他輕聲詢問。

麻衣坐在咲太安排的座位。是和香外表的麻衣。

「想在練歌之前吃點東西。我餓了。」

「原來如此。」

像今天這種沒排課的日子，麻衣會到ＫＴＶ練歌，一邊唱一邊確認喉嚨狀況，一天大概唱一兩個小時，回家之後再到咲太房間確認舞步。這已經成為一整套的習慣。

就咲太的印象，麻衣不是拚死拚活，而是平淡地完成這些計畫。

不是偷懶。麻衣毫不抱怨，默默進行看起來只有單調可言的反覆練習。她的努力方式很適合用「克難」來形容。

唯有一點一滴累積才能進步。麻衣大概是明白這一點，也知道這是最短捷徑，所以她不會焦急也不會過度練習，而是檢視身體狀況持之以恆。

麻衣在這方面的行事準則和焦躁反映在態度上的和香截然不同。無懈可擊，令人覺得確實很專業。

翻閱價目表的麻衣察覺某件事而抬起頭，將手伸進書包，從袋子取出手機。

這支手機原本是和香的。為了完全飾演彼此，兩人連手機都交換了。

麻衣的視線沿著畫面上的文字跑。

「又是母親？」

咲太問完，麻衣從手機上揚起視線。

「對。今天也是從早上到現在共收了約五十封。」

這裡說的「母親」當然是和香的母親。

考慮到她的女兒離家出走，頻繁聯絡或許也在所難免，因為應該在擔心。

不過聽麻衣轉述的內容，某些部分令人略為詫異。顧慮到和香的感受，麻衣沒有實際拿給咲太看，不過除了「快點回來」，更多簡訊是「有去上歌唱課嗎？」、「今天練過舞步嗎？」或是「努力爭取成為新歌主唱吧。」這種提及偶像活動的內容。

現在也是，從麻衣的表情看得出困惑，所以應該也是這種內容吧。

「我要點這個。」

麻衣收起手機，指著義大利麵頁面的第一行，仰望咲太。

「茄汁義大利麵是吧。」

咲太以點餐機輸入麻衣點的料理。依照教戰守則，這時候應該恭敬地行禮之後離開桌邊。

不過，咲太假裝還在點餐，向麻衣說話。

「為了明天拍廣告，今天也很努力練習做表情喔。」

即使沒主詞，麻衣也肯定知道這是在說誰。

「怎麼突然講這個？」

麻衣一臉疑惑。

「我以為妳其實是來問這方面的事。」

「我其實是想見男友一面才來的。」

麻衣不改從容態度。

「唔哇～～好開心喔～～」

如果是真的，那真是開心透頂。但咲太覺得如果這是真的，麻衣就絕對不會說出口。所以在這種狀況下，沒說出來的事才是「真的」。

「給我老實地高興啦。」

咲太不帶情感的回應使麻衣露骨地感到不悅。

然而，不老實的人是麻衣。其實她肯定在意和香，不過像那樣吵架之後，她沒辦法主動打聽狀況，咲太才貼心地提供情報……但是拿這件事當話題就落得這種結果。

就算這麼說，如果咲太因為麻衣沒問就沒講，麻衣肯定會說「明明察覺了還裝傻」然後一腳踩過來吧。肯定會踩過來。

究竟要我怎麼做？兩種做法都是錯誤答案，這也太殘忍了，不講理到美妙的程度。越來越喜歡她了。

「喂，不准自個兒笑嘻嘻的。」

「想到麻衣小姐的事，忍不住就笑了。」

「這樣啊，那就好。」

「有什麼建議的話，我會幫忙聽喔。」

「和香說她需要建議？」

「沒有。」

「那我就不說了。」

「妳果然在意啊。」

「因為是用我的身體做我的工作，當然會在意吧？」

這是無從否定的真心話。自己的身體託付給他人，不在意才奇怪。

「哎，說得也是。」

「好了，別偷懶，你也去工作吧。」

「真的不對她講幾句話嗎？」

「咲太，你好纏人。」

麻衣難得像是要逃避般移開視線。

「放心。只要想起在劇團學到的東西，她毫無問題做得到。」

麻衣就這麼筆直看著前面講這種話。

「講得像是她現在忘記了呢。」

「……」

麻衣沒回應。

「學長，結帳。」

朋繪在後方呼叫。

「可愛學妹在叫你喔。」

麻衣故意講得酸溜溜的，臉上是以刁難咲太為樂的表情。所以咲太覺得就算繼續聊和香，麻衣也只會當成耳邊風。

何況打工時必須以工作為優先，因此咲太離開麻衣的座位，前往收銀台。
後來客人持續上門，忙了好一陣子。等到有空喘氣的時候，麻衣已經走了，所以沒辦法多做什麼。
「既然麻衣小姐說沒問題，或許就沒問題吧。」
即使如此，咲太內心依然有種不舒暢的感覺。

2

一反咲太內心的陰霾，隔天九月十二日是晴朗的好天氣。清澈的藍白色晨空，剛露臉的太陽沒有雲朵遮擋光線。
從首班電車車窗眺望的海面反射這樣的陽光，如同寶石般閃亮。
「呵啊～～」
耀眼陽光令咲太瞇細雙眼，打了一個大呵欠。
早起好睏。
今天早上是五點起床，換上制服離家的時間是短短二十五分鐘後的五點二十五分。步行十分鐘，搭乘三十六分開的電車。從江之電藤澤站出發的首班車。

然後，現在大概是五點五十分吧。電車剛才從藤澤站數起第六站的腰越站起步。

在這個時間終究看不到峰原高中的學生。說起來，乘客本身就寥寥無幾，和咲太待在相同車廂的只有一名感覺是出社會第一年的西裝男性。

「呵啊～～啊～～」

咲太再度打呵欠時，電車停在鎌倉高中前站。咲太緩緩起身。

咲太就讀的峰原高中在下一站七里濱站。不過說起來，他刻意在這種大清早出門，並不是為了上學。

咲太擦著眼角的淚水下車，來到車站月臺。

立刻感受到許多人的氣息。平常這裡是個小站，在通學以外的時間連站務員都沒有，但現在有一股充滿活力的氣氛。

扛著陌生大型攝影機的男性，也有人舉著白色的板子。大概是反光板。

在長棍前端吊著麥克風的短髮女性說聲「借過一下」，從咲太面前走過去。

聚集在這裡的人是接下來要拍廣告的工作人員。

咲太不經意觀察眾人。

「不好意思，麻煩走這邊的驗票閘口。」

一名年輕的女工作人員對咲太這麼說。她簡單說明「接下來要攝影」，讓咲太走出驗票閘口。引導的過程很客氣，即使對方是高中生咲太也禮貌應對。

目前還沒看到「櫻島麻衣」的身影。

不過，很輕易就猜得出她在哪裡。走出車站的不遠處停著一輛白色的保姆車，車窗是霧面玻璃看不到車內，不過「櫻島麻衣」應該正在準備攝影。或許正在換衣服、化妝或是開會。

咲太穿越平交道，繞到沿海的１３４號國道旁邊的人行道。從鐵軌旁邊的這條人行道仰望車站，位置略高的月臺看起來像是舞台。

時間終究很早，所以周圍沒人看熱鬧。附近的路人只有咲太。

劇組會像這樣利用乘客很少的時段拍攝各種影片。這是麻衣昨晚告訴咲太的事。朋繪手上那本時尚雜誌的照片……在時尚露天咖啡廳的那張照片，好像也是清晨六點拍的。她說燈光照明的方式可以營造出日間的氣息。

「我大概沒辦法當藝人耶。」

像是今天，如果不是被麻衣叫醒，半推半就地送出家門，咲太就不會在這裡吧。

咲太思考這種事情時……

「櫻島麻衣小姐進場了～」

傳來工作人員充滿活力的聲音。

保姆車的車門打開，「櫻島麻衣」從車內現身。她身上的服裝是感覺很常見的學校制服，深藍色的西裝制服。大概是設定為某所高中的制服吧。之所以是冬季服裝，應該是因為廣告會在秋季之後播出。

雖然是清晨，但夏末依然炎熱，全身穿長袖似乎不好受。即使如此，還是得若無其事地演出秋天氣息，咲太不認為自己學得來。

「櫻島麻衣」下車時，工作人員暫時放下手邊工作鼓掌迎接。不過姑且顧慮到附近居民，所以只是輕輕拍手。

「櫻島麻衣」往前走，說聲「請多多指教」深深鞠躬致意。

她的真實身分其實是「豐濱和香」。在場知道這件事的只有咲太。

「事不宜遲，趁著電車進站之前試拍吧。」

主導現場的是看似三十歲出頭，也像是快滿五十歲的男性。下半身穿短褲、上半身穿短袖夾克，打扮得很年輕，不過仔細看就發現白髮很多。從旁人的反應來看，那名年齡不詳的男性似乎是現場導演。

「請多指教。」

和香再度鞠躬之後，坐在車站長椅上待命。攝影機鏡頭捕捉她的身影。

「下一班電車還沒問題吧？」

導演向工作人員確認。

「四分鐘後進站，所以沒問題。」

「那麼，開始了。」

導演一聲令下，開始試拍。

這一瞬間，現場的氣氛變了。直到剛才都熱烈互動的工作人員們驟然沉默，只專心做一件事，全神貫注於「櫻島麻衣」的演技。

現場洋溢著令人倒抽一口氣般的緊張感。不對，是刺痛般的緊張感。明明只是旁觀，但咲太全身起了雞皮疙瘩，甚至覺得喘不過氣。

在這樣的狀況中，和香以「櫻島麻衣」的身分展露簡短的演技。她發現從鏡頭方向走過來的朋友，一臉為難地投以笑容。

「好，卡。」

應該只有短短十秒左右的時間，咲太覺得特別漫長。

導演在螢幕播放剛才拍的影片確認。

戴著腰包的女性工作人員跑到和香身旁，幫她修整髮型。看來是髮妝師。她頻頻觸摸「麻衣」的身體，咲太非常羨慕。

導演離開螢幕，走向「櫻島麻衣」，比手畫腳告知和香某些事。和香逐一點頭回應。不過她表情僵硬，即使站遠遠的也看得出來。現在是以化妝掩飾，或許她其實臉色蒼白吧。

即使如此，和香依然帶著笑容，維持「櫻島麻衣」的體面。看在咲太眼中莫名覺得痛心。

此時，平交道警報聲打斷討論。是從鎌倉方向開來的電車。

「等這班電車開走之後正式開始。」

剛說完，綠色加奶油色的電車就絲毫不在意攝影的事進站，沒人上下車就駛離車站。電車背影緩緩遠離，最後連行駛聲都聽不到了。

髮妝師整理和香被風吹亂的劉海。這段時間，和香微微低著頭反覆深呼吸。

「ＯＫ了。」

髮妝師在最後調整好從肩膀垂到前方的長髮曲線，回到攝影機後方。

緊接著，攝影師開始拍攝「櫻島麻衣」。燈光師舉起燈，後方的高大男性工作人員拿起反光板，音響師準備麥克風。

在場所有人的注意力集中在一點。大人們以「櫻島麻衣」為中心，即將打造一部作品。

咲太後知後覺地理解到其中蘊含的情感。

剛才，咲太以為是倒抽一口氣般的緊張感……

以為是刺痛般的緊張感……

這緊張感的真面目是在攝影現場挑起大樑的導演、攝影師、髮妝師、燈光師、音響師……等

所有工作人員對「櫻島麻衣」的信賴。

以年齡來說最小的麻衣被他們認同是共事夥伴的證據。

他們以態度證明自己承認麻衣是專業演員，而且所有人認真地投入工作，希望配得上麻衣的實力。

「……」

這種情感，原本肯定會令人覺得舒服。

受到他人的信賴、需要，聽別人說一起工作很開心，肯定會高興得無以復加。

然而，受到絕對信賴的和香就只是一副不安的樣子，令旁觀的咲太心神不寧，胃部傳來類似絞痛的痛楚。

「那麼，正式拍了。」

導演這句話使得現場氣氛更加緊繃。一直低著頭的和香聽到這句話後連忙抬起頭，立刻感到刺眼般瞇細雙眼。或許是眼前反射陽光的海面讓她眼花。

然而不只如此。沒這麼簡單。

下一瞬間，和香上半身搖晃，無法端正坐好，往側邊倒下。和香一度想按住長椅支撐身體卻沒能如願，敗給自己的重量而倒臥在長椅上。

「暫停！」

演員的異狀使得導演停止拍攝。女性髮妝師立刻趕過去，身穿褲裝的女性也從後方介入。

「麻衣？麻衣？」她拚命呼喚。或許是經紀人。

咲太連忙穿越平交道，趁著混亂接近車站，從有如稻草人直立的簡易驗票機旁邊觀察。

和香像是喉頭深處不舒服般持續呼吸，感覺想吐卻吐不出來。一名女性工作人員擔心地按摩她的背。

「慢慢呼吸。」

她反覆對和香說相同的話，和香好不容易點頭回應。

大約五分鐘後，呼吸平穩許多，但是「櫻島麻衣」短短數分鐘就顯得極度憔悴，目睹這一幕的所有人都沒提議要再度開始拍攝。

和香在兩名女性工作人員的攙扶下進入保姆車。

留下來的劇組人員們臉上同樣掛著茫然的表情。大家都露出無法置信的眼神。

後來，「櫻島麻衣」再也沒有走出保姆車。咲太在現場守候約三十分鐘，但車子最後就這麼載著和香離開。

聽不遠處的工作人員交談，似乎是開往醫院了。咲太覺得這是正確的判斷。

到最後，沒有從頭到尾拍一次，甚至連任何一幕都沒拍，這天的攝影就中止了。

咲太目送載著和香的保姆車離開之後，決定先回家一趟。

看向車站時鐘，才剛七點，現在上學還太早。話雖如此，想找地方打發時間也無處可去。

咲太鑽過收拾攝影器材迅速撤收的工作人員之間，搭乘剛進站要開往藤澤的電車。

心不在焉地搭乘電車約十五分鐘後，咲太抵達終點藤澤站，走向自家公寓。

「不祥的預感真的很靈呢。」

但咲太終究沒預料到會演變成這種事態……

「咲太。」

經過公園旁邊時，有人從後方叫住咲太。

咲太還沒轉身，輕快的腳步聲就接近過來，很快來到身旁。現身的是運動褲加T恤的金髮少女，腳上穿著看起來很好跑的慢跑鞋。

平常綁在側邊展現豐盈感的頭髮，現在是束在後方以免礙事。

大概已經跑了一大段距離吧，T恤吸了滴落的汗水緊貼身體，透光露出底下穿的背心。

麻衣每天清晨都像這樣慢跑。這不是麻衣自己的例行公事，是以「豐濱和香」的身分鍛鍊體能準備演唱會。

咲太邀她至少在今天一起去看廣告拍攝現場，但麻衣說「要晨跑，辦不到」冷漠地拒絕了。

正如字面所述，麻衣今天也在慢跑。

「你回來啦。」

麻衣若無其事地說。

「我回來了。」

「怎麼樣？」

她當然是在問和香的事。

「從我這張消沉的表情看不出來嗎？」

「你剛才走路垂頭喪氣，所以我知道不太行……但姑且是重拍好幾次之後收工了吧？」

映在視野一角的麻衣看起來不懷疑自己說錯。她昨天的態度耐人尋味，不過她說攝影會以交差為前提，這個說法似乎是真的。

「不，是在這之前的問題。」

「怎麼回事？」

從旁邊仰望咲太的麻衣表情蒙上陰影。咲太板著臉，所以她難免這樣反應。

「還沒正式拍，她就暈倒了。」

「啊？」

大概是完全沒預料到吧，麻衣難得驚叫出聲。

「這是怎樣？身體不舒服嗎？」
「應該很好。從生理層面來說很好。」
「不然是怎樣？」
「麻衣小姐，妳真的不知道？」
「我沒看現場，無從得知吧？」
麻衣傻眼般雙手扠腰，緩緩調整因為跑步而變急促的呼吸。
「我覺得她是徹底感受到了。」
「感受到什麼？」
「眾人對『櫻島麻衣』深厚的信任，以及莫大的期待。」
「……」
麻衣一臉不太能理解的表情。
或許再怎麼說明，麻衣也無法理解。那個空間是麻衣的日常，現場的工作人員看到「櫻島麻衣」突然倒下也大吃一驚。咲太覺得他們不知道麻衣為何突然昏倒，恐怕現在依然無法想像。
咲太是局外人，所以他察覺到、感覺到了。對他們來說是理所當然，不過以「櫻島麻衣」為中心的攝影現場氣氛蘊含著絕對的信任與無比強大的期待……這種氣氛理所當然般存在於現場，所以假扮麻衣的和香應該承受不了。

「對她來說，這一切大概都成了壓力吧。哎，不過這只是我的想像啦。」

「……這樣啊。」

麻衣輕聲回應。雖然發出聲音，聽起來卻沒有真實感，給人有聽沒有懂的感覺。

後來直到返抵家門，麻衣一句話都沒說。咲太也不發一語，因為麻衣似乎在想事情……

回家之後，咲太準備他自己與楓的早餐。麻衣說她吃過了。現在她正在淋浴沖走汗水。

因此，早晨的餐桌只有咲太與楓兩人就座。今天的菜色是吐司與火腿蛋，不過火腿與蛋是分開煎的，所以正確來說是「火腿與蛋」。

啃下烤得焦黃的吐司，響起酥脆的聲音。火腿與蛋折疊之後整個塞進嘴裡，吞下肚之後就吃完早餐了。

楓則是在等待塗在表面的人造奶油滲進吐司，現在才終於啃吐司。

大概是人造奶油的滲透程度恰到好處，楓的表情幸福地融化。

「酥脆跟溼潤的同台演出！」

「那太好了。」

妹妹看起來幸福，做哥哥的非常高興。

咲太沉浸於小小的喜悅時，走廊傳來聲響。似乎是麻衣出浴了，間隔沒多久就傳來吹風機的

聲音。噪音停止之後，改為啪噠啪噠的拖鞋腳步聲接近過來。

「謝謝你借我浴室。」

探頭到客廳的麻衣這麼說。她身穿熱褲加連帽短袖上衣的居家服，裸露的雙腿好耀眼。

「別盯著腿看啦。」

察覺咲太視線方向的麻衣立刻指摘。完全是和香的語氣。

「小楓，早安。」

「和香小姐早安！」

楓吞下吐司，充滿活力地回應。麻衣終究不能對楓說實話，是以和香的身分在這裡生活。

剛開始，楓真的是被金髮女高中生的魄力嚇到，不過兩人一起餵那須野，熱絡討論小說話題之後，楓完全解除戒心了。告訴她「其實和香是麻衣小姐的妹妹」也是兩人早早相處融洽的一大原因。

實際上，楓也說「是麻衣小姐的妹妹就放心了」。雖然還不知道根據，但楓應該對麻衣卸下心防了，所以咲太個人開心極了。「家人」和「女友」維持良好關係當然比較好。

「我換好衣服就出門。」

麻衣說完就縮回走廊，進入咲太房間消失身影。

「我吃飽了。」

咲太轉頭一看，楓的盤子也見底了。
「我吃飽了。」
咲太將空盤端到流理台，楓也把自己的盤子端過去，迅速清洗之後放在瀝水籃。
洗完餐具，咲太就回到自己的房間。他想在麻衣出門前講一件事。
咲太覺得她應該換好衣服了，毫不在意就握住門把。說起來，這是咲太的房間。
「呀啊！」
咲太一開門就聽到克制音量的尖叫聲。
金髮女孩一臉驚訝地轉身。她正在固定裙釦。很遺憾，是幾乎已經換裝完畢的狀態。
即使如此，麻衣依然默默抓起枕頭，全力砸向咲太。
「噗呼！」
枕頭漂亮地命中臉部。門被用力關上。
「給我先敲門啦，豬頭！」
麻衣開啟和香模式抱怨。
總之咲太配合她的要求敲門。
「不是現在啦！」
沒應門。

咲太將枕頭抱在腋下，背靠門板。

「那個，麻衣小姐……」

「在換話題之前先給我好好道歉，發誓不會再犯。」

這次是以麻衣的語氣責罵。

「對不起，我不會再犯了。」

麻衣的回應是「唉～～」的長長嘆息。

「所以有什麼事？」

「我想說妳怎麼不去醫院。」

咲太直截了當地詢問。

「聽你的說法，應該是心理因素造成過度換氣，應該沒問題吧。」

過度換氣。咲太也聽過這個名詞，應該是呼吸過度反而難受的症狀，記得看電視有提到可能會因為極度緊張而發作。

「說起來，你知道是哪間醫院嗎？」

「可以打電話問當事人吧？」

「為什麼我要去？」

「我覺得在她虛弱的現在，正是和好的機會。」

「這種想法很奸詐。」

麻衣的發言毒辣，語氣卻帶著笑意。麻衣知道咲太並非當真這麼說。不過咲太覺得只要可以重修舊好，即使用點奸詐的手段也無妨……

「可以進來了。」

看來麻衣換裝完畢。

咲太打開門，這次真的進入自己的房間。

「最近，我開始覺得這房間不是我的。」

暑假期間成為理央的房間，現在成了麻衣的房間。

「是你自作自受吧？」

「咦？哪裡是？」

「是誰老是讓女生住進來啊？」

麻衣愉快地笑了，是以將咲太逼入絕境為樂時的表情。雖然外表是和香，給人的感覺卻和原本的身體一樣。

不過，麻衣沒有繼續追問。她將鏡子擺在桌上開始化妝。和香的妝，眼角鮮明的貓眼妝。

咲太注視麻衣化妝的樣子一陣子之後，麻衣主動開話題。

「我覺得我對不起你。」

「嗯？」

「跑到你家住，而且連累你。」

「我不在意。可是……」

「可是……什麼？」

「和麻衣小姐同居動不動就很刺激，我的理性快達到極限了。」

「所以你才要我趕快跟和香和好啊。」

「以結果來說也可以這麼解釋嗎……」

「什麼叫做『以結果來說』？你的目的明明就是講這件事。」

「我說我想和麻衣小姐親密接觸，這是真的啦。」

「我可以踩你嗎？」

麻衣在最後塗上有色唇膏，起身轉向咲太。

「麻煩您了。」

「唉……」

麻衣真的露出傻眼的表情。即使如此，她還是來到咲太面前，伸出手捏咲太的臉頰。看來她不踩了。

「我說啊，麻衣小姐……」

「不夠刺激？」

「我覺得這種小小的親密接觸點燃我的導火線了。」

「換句話說？」

「我想推倒妳。」

「就算回到原本的身體也不行。」

「我想被妳推倒。」

「不准看著床講這種話。」

「地板就可以嗎？」

「如果只是你自己幻想，我就准。」

「……」

難得有這個機會，所以咲太試著妄想。衣服就設定成兔女郎裝吧。這個讚。

「對了。來，拿去。」

麻衣讓恣意妄想的咲太握住一個東西。可以收進手心的大小，涼涼的，非常堅硬。是金屬。

咲太打開手心確認，是散發銀色光澤的鑰匙。

「這是？」

「我家鑰匙。」

麻衣平淡地回答。

「要給我備用鑰匙？」

「不是啦。」

「啊～～愛的鑰匙！」

咲太打趣地說完，被狠狠踩了一腳。

「好痛，好痛！」

「只是暫時交給你保管。」

「咦～～」

「要是你擅自備份，我可不會原諒你。」

「……」

「喂，不准在這時候不講話。」

「沒有啦，我現在才想到有這招。」

「唉……」

麻衣露骨地嘆了口氣，而且依然踩著咲太的腳。

「等到我覺得可以給你，我就會確實給你。」

麻衣一副傻眼的樣子低語。即使散發有點害羞的氣息，依然逞強不移開視線。

「大概是下週嗎？」

「大概五年後。」

「咦～～」

「備用鑰匙不能輕易給你吧？下流。」

麻衣撇過頭去。看似剛強的外表露出害羞的側臉好可愛。不過要是說出來，麻衣大概會問「是和香可愛嗎？」害得事情變複雜，所以咲太沒說。

「需要我家的鑰匙嗎？」

「不需要。」

麻衣斷然拒絕。這就某方面來說很悲哀。

「總之，可以提前到大概三年後嗎？」

「你一臉正經講這什麼話？」

「我想要盡早從麻衣小姐手中拿到鑰匙。」

「好啦好啦，我會衡量你今後的態度考慮一下。」

「好！」

咲太不禁振臂叫好。不過這部分敬請見諒，從女友手中拿到鑰匙就是如此特別的事件。

「所以，拜託了喔。」

即使沒說明拜託「什麼事」，咲太也聽得懂這句話的意思。正因為擔心和香，麻衣才會將鑰匙交給咲太保管。換句話說，就是有空過去看看，必要時幫忙照顧的意思。

「既然在意，妳自己去打個招呼不就好了？」

「……」

「不過，如果麻衣小姐做得到，就不會把鑰匙交給我保管了。」

「……我不知道該說什麼。」

麻衣眼角下垂，難得露出軟弱的表情。

「我也有不知道的事。」

她像在責備追究的咲太，帶著賭氣的表情瞪過來——彷彿表示自己不想講這種事的表情。

「包含這一點在內，全講出來不就好了？」

「不要。」

「為什麼？」

「……」

麻衣沒回答，不過咲太大致猜得到。想想兩人的立場就很簡單。

「畢竟麻衣小姐要顧好身為姊姊的面子啊。」

「你要是繼續說下去，我會生氣喔。」

無論從哪個角度怎麼看，麻衣都已經生氣了。她講這句話的時候大多如此。咲太舉起雙手擺出投降姿勢。

「你真的很囂張。」

麻衣稍微用力戳咲太的額頭。這樣挺痛的，不過麻衣大概是因而滿足了，臉上浮現笑容。或許是悶在心裡的情緒稍微宣洩出來了。

「啊，時間到了，我該走了。」

麻衣拿起書包，迅速走出房間。

咲太到玄關送她。

「對了。」

麻衣穿樂福鞋的時候，突然回想起來似的轉向咲太。

「什麼事？」

「和室的櫥櫃，絕對不准打開。」

這個家沒和室，應該是在說麻衣家。

「『絕對』嗎？」

「沒錯，『絕對』。」

「我知道了。」

「那麼，我出門了。」

麻衣瞬間就恢復成和香模式。

「別繞路亂跑喔～～」

「誰會那樣啦！」

咲太覺得麻衣的演技真的很出色，態度完全沒有不自然的感覺，看起來一點都不像演技。最恐怖的是她在扮演「豐濱和香」的時候，會完全收起「櫻島麻衣」的本性。

「你也別遲到喔。」

麻衣說完衝出玄關。

大門關上了。

「『絕對』是吧……」

留在原地的咲太朝向玄關大門自言自語。

3

送走麻衣的十五分鐘後，咲太也前往學校。原本想先去麻衣家一次，但他判斷要是和香沒從醫院回家，現在去也沒有意義。

學校的狀況一如往常，沒什麼奇怪的地方。沒人知道今天清晨在鄰站有人拍廣告，更沒人提到那是同校同學麻衣的攝影工作。

到了午休時間，朋友們各自閒聊，像是想要可愛的女友；想要英俊的男友；肚子餓了；有沒有什麼好玩的事……討論和昨天相同的話題。

學校的這種氣氛不合咲太的個性，他這天的心情比以往更消沉。

這份心情似乎比咲太想像的更明顯寫在臉上。

「你看起來心情不好。」

咲太在午休時間心不在焉地眺望窗外時，某人對他這麼說。

「不是看起來不好，應該是真的不好。」

咲太轉回正前方。國見佑真坐在前面的座位。他張開雙腿，面向椅背坐著。

「發生什麼事了？」

「我說啊，國見……」

咲太沒回答，使佑真轉移注意力。一名女學生投過來的強烈視線令咲太這麼做。

「嗯？」

「別在這間教室找我說話。」

「為什麼？」
「因為你的可愛女友會以殺氣騰騰的眼神看過來。」
位於佑真視線死角的講台周圍聚集了一個亮麗女生的小團體。其中一部分朝咲太投以針扎般的視線。
是上里沙希。
在咲太就讀的二年一班處於領袖地位的女學生，也是佑真的女友。
「視線啊……」
佑真不經意轉身，沙希表情隨即一變，直到剛才的殺氣消失得無影無蹤。她和佑真目光相對，就習以為常般微微揮手。
「殺氣在哪裡？」
佑真將頭轉回咲太的方向詢問。咲太嘆氣並看向講台，沙希明顯一臉不高興的樣子。
「你察覺了吧？」
「有嗎？」
佑真以裝傻帶過咲太的指摘。不，他肯定察覺了，否則不會只提到「視線」就率先轉過頭看沙希。
「但我覺得她那樣好懂的個性也很可愛。」

「不准拿她對我的殺氣曬恩愛。」

「所以，你為什麼心情不好？」

「哎，其實並不是心情不好，只是不經意想像有個能幹的姊姊是什麼心情。」

「這是怎樣？」

「因為我沒有姊妹被拿來比較的經驗。」

「因為你是男的啊。」

光靠咲太自暴自棄的說明，應該聽不出什麼端倪。即使如此，佑真依然在思考某些事。

「我也是獨生子，所以不清楚。」

「我知道。我對國見不抱期待。」

「真過分。」

佑真一邊說一邊大笑。

咲太瞥向講台，和聽到佑真笑聲而起反應的沙希四目相對。她露骨地狠瞪咲太，大概是心想「和我的佑真聊得那麼開心，真的不可原諒」之類的吧。真的好麻煩。

「那麼，要問問有個能幹姊姊的傢伙嗎？」

咲太還沒問是誰，佑真就轉身朝向黑板，接著居然朝沙希招手。

一瞬間，沙希顧慮到一起聊天的女生朋友們，卻被這些朋友拱出來，走向這裡。

「你啊……」

咲太原本想抱怨幾句。

「我個人不喜歡女友跟我的朋友交惡。」

但是佑真搶先這麼說。

「什麼事？」

沙希站在佑真身旁。

「咲太想問一些事。」

「……」

瞪過來的抗拒視線刺得咲太好痛。咲太也有不少意見，卻決定這時候給朋友一個面子。因為咲太也同意佑真所說，不希望女友和自己的朋友交惡。

「上里有姊姊？」

「有啊……話說梓川，你怎麼不知道？」

「我反而想問，為什麼我非得知道妳的家庭成員？」

在網路搜尋就查得到嗎？

「因為我姊姊直到去年都在這間學校。」

「啊，這樣啊。」

「而且還當學生會長，你應該看過吧？」

「……沒印象。」

咲太稍微回憶，卻完全不記得。

「啊？你當真這麼說？」

聽她這種說法，她姊姊似乎是相當搶眼的學生。佑真也在一旁笑著說「不愧是咲太」。雖然這麼說，不記得就是不記得，所以也沒辦法。

「大概是她沒像這樣找我麻煩，我才不記得吧。」

老實說，沙希給咲太的印象強烈得多，大概一輩子都忘不了吧。咲太以為一輩子都不會聽到的話語列表，沙希就對他講了好幾句。

「我可以走了嗎？」

沙希由衷嫌煩似的向佑真確認。

「再努力一下吧。」

這種對話真失禮。看來沙希必須努力才能和咲太交談，咲太感到遺憾至極。對佑真盡情義也有限度。

「妳姊姊既然當過學生會長，她應該很優秀？」

「應屆考上日本第一的國立大學。」

沙希不是滋味般說了，視線再度投向佑真，詢問「現在總該可以走了吧」。佑真回應「再一下」。看樣子接下來大概只能再問一個問題，所以咲太直接說出最想問的事。

「上里，妳喜歡姊姊嗎？」

「還好。」

沙希就這麼撇著頭立刻回答。

「那麼，討厭嗎？」

「還好。」

這次也是完全相同的回應。

「原來如此，我完全知道了。」

「啊？你知道了什麼？」

「我知道這應該不是『喜歡』或『討厭』這種單純的問題。」

「……」

就算喜歡，也不是想要每天二十四小時共處；就算討厭，回家也還是會看見。距離很近，關係深入，因此也有很多機會看見各種不同的一面，無論是優點或缺點都自然看在眼裡。從中誕生的情感，咲太覺得無法以簡短話語簡潔形容。各種要素混合在一起，即使根源只有一個……情緒有時候也會不知不覺變得混亂，甚至不知道這個「根源」是什麼。

「並沒有討厭。」

沙希逕自低語。

「只是媽媽會說『要學姊姊好好用功』或是『請姊姊教妳功課吧』，讓我覺得很煩。就是這麼回事。」

沙希單方面說完，沒對佑真打聲招呼就回到朋友那裡。

「她這麼說了。懂了嗎？」

「這是很好的參考，幫我謝謝她。」

「這種事不應該拜託別人吧？」

「講得這麼中肯真的很煩。」

「哎，我是沒差啦。不提這個，隔閡消除了嗎？」

「如果就你看來消除了，你還是去眼科看看吧。」

「我想也是。」

佑真露出苦笑。與其說是為難，感覺更像是因為事情進展符合想像而笑。

「假設真的消除，大概也不可能和平相處吧。」

咲太移開視線如此告知。無論如何，理央的臉都會掠過腦海。要是問她本人，她應該會說「我不在意這種事」吧，但她內心某處還是會稍微有點芥蒂才對。

「哎，咲太就是這種傢伙呢。」

此時，宣告午休結束的鐘聲響了。

「那麼，之後再聊。」

「嗯。」

隨便打個招呼之後，不同班的佑真起身，只對沙希打聲招呼就離開教室。

留在現場的，是比以往散發更加凶惡氣息的沙希眼神。

「照這樣看來，無論如何都不可能和平相處吧？」

4

下午的課在睡夢中結束。五點起床的影響終究很大。

咲太走出學校，沒繞路就筆直回家。老實說，他很在意和香在攝影現場倒下的後續。

來到公寓前面，發現一輛看過的保姆車。今天早上在攝影現場看見的白色保姆車。

車子停在麻衣住的公寓前面。正副駕駛座都有人，似乎在打手機聯絡某處。

咲太不經意注視沒多久，電子鎖的玻璃門開啟，走出一名年約二十五歲、穿套裝的女性，她對駕駛座的男性說話，接著打開後面的車門進入保姆車。車子就這樣開往大馬路的方向。

既然他們離開，和香應該沒大礙了。

「總之，去了就知道。」

咲太從口袋取出麻衣給的鑰匙。

「……沒知會就進去終究不妙吧。」

咲太在電子鎖的玻璃門前面，將剛拿出來的鑰匙收進口袋。

他站在對講機前面，輸入住戶號碼，毫不猶豫按下「呼叫」按鍵。

『……喂？』

原本以為可能不會應門，卻很乾脆地傳來回應。雖然內在是和香，但聲音是麻衣，所以肯定沒錯。

「我是梓川。」

『什麼事？』

「我可以進去嗎？就算不行，我也會用麻衣小姐給的鑰匙進去。」

『……』

通訊聲默默中斷，接著電子鎖解除了。自動門緩緩開啟。

總之突破第一道關卡。

咲太搭電梯直達九樓。這層樓最深處的邊間就是麻衣家。

咲太站在門前，按下門鈴。

等待片刻，門直接開了。和香從一個頭寬的門縫探頭，眼神先捕捉到咲太，然後立刻像是尋找某人般移向咲太後方。

「你一個人？」

「如妳所見。」

「……」

和香像是稍微安心般輕吐一口氣。這次她大幅打開門，迎接咲太入內。

咲太在玄關脫鞋，跟著和香進屋。

「麻衣小姐早上就去上學了。現在大概是在彩排星期日要在名古屋購物中心舉辦的小型演唱會吧？」

「我又沒問這些。」

「她沒生氣喔。」

「就說了，我沒問你啦。」

「我有自言自語的習慣。」

「好煩。」

和香輕聲說完，在客廳停下腳步，一副沒事做的樣子。感覺沒在屋內確定自己的容身之處。

咲太環視客廳的狀況。

「……好慘。」

他老實說出感想。

明明上次過來的時候整理得很乾淨，現在卻相當凌亂。脫掉沒收好的制服上衣與襯衣在沙發上堆成山脈，揉成一團的黑褲襪像是岩礁掉在地上。被擋住去路的打掃機器人往回走，背影看起來好悲傷。不過乍看無法辨認機器人哪一邊是前面、哪一邊是後面……

無數的便利商店袋子占據時尚的中島型廚房。塑膠袋打造出白色森林，看不到這幾天用過廚房的痕跡。

堆滿便利商店便當盒的垃圾桶反映出和香跟麻衣吵架之後的飲食生活。

「應該不是預料到這樣才給我鑰匙吧……」

咲太希望如此。不過老實說，要完全否定有點難。

「先洗衣服吧。」

咲太抱起沙發上成堆的制服上衣，逐一撿起地上的黑褲襪。

「等……等一下，你幹嘛？」

和香疑惑地詢問，但咲太不理她，抱著收集好的待洗衣物迅速前往盥洗室。

打開洗衣機的蓋子，首先只將制服上衣扔進去，二話不說就開始放水。襯衣以及布料結實的衣物也一起放進去。

問題在於褲襪，咲太沒洗過這種東西。顏色都是黑的，所以只能待會再用洗衣機洗一次。不過就算這樣，要是沒放進洗衣袋，肯定會打結造成悲劇。

咲太環視盥洗室，發現角落放著白色的籃子。裡面是寶山……更正，內衣山。白色、粉紅色、水藍色與黑色……五顏六色的內褲與胸罩。

要找的洗衣袋掛在籃子邊緣。咲太只將淡色內褲放進袋子，追加扔進運轉中的洗衣機。剩下的衣物就拿別的洗衣袋各裝入數件排隊待洗。

「其他的就是手洗吧。」

捏住肩帶拿起來的是黑色胸罩。

「你……你這傢伙，那個！」

來到盥洗室的和香伸手要拿回內衣。但咲太迅速躲開，和香的手落空。

「不准躲！」

「不要妨礙我洗衣服。」

「不准用色情的手摸姊姊的內衣！」

「應該是某人偷懶不洗衣服的錯吧？」

「知……知道了，我來洗！我來洗啦！」

和香甚至忘記消沉，拚命撲過來。這次胸罩真的被她搶走了。

「……」

和香瞪向咲太的臉蛋因為羞恥而通紅。即使如此，她似乎依照宣言打算洗內衣，在洗臉台放溫水。

「很多件要洗，去浴室比較好吧？」

「囉……囉唆！別再看這裡了啦！滾出去！」

和香即使嘴裡抱怨，依然率直地接受咲太的建議，打開身後浴室的門。

看來這裡暫時交給她也沒問題。

「洗完之後，還有衣物要用洗衣機洗喔。」

咲太叮嚀之後回到客廳，視線捕捉到塞滿廚房的便利商店袋子。

「妳有吃飯嗎？」

咲太朝浴室詢問。

「從早上開始就沒吃。」

她立刻回應。

「那我煮點東西，妳就給我吃吧。」

咲太再度面向廚房，首先清理叢生的無數便利商店袋子，準備用電鍋煮飯。

衣服大約花了一小時終於洗完。黑褲襪井然有序地掛在窗邊，有如在陽光下曝曬的昆布。貼身衣物由和香拿到寢室。

「敢進來就殺了你。」

她不到幾分鐘前才說出這種危險話語。

順帶一提，如今打掃與倒垃圾的工作都完成，兩人隔著餐桌相對而坐。這是一張和寬敞屋內不搭調的小桌子，大概是麻衣為了獨自用餐買的，兩個人用就覺得有點擠。

擺在桌上的是白飯、味噌湯、烤鮭魚以及酸菜，總之以冰箱裡的食材勉強做了這頓飯。感覺和香完全沒有自己下廚過，所以應該是麻衣庫存剩下的食材。

「怎麼做得像是早餐？」

「我開動了。」

咲太駁回抱怨，逕自先開動。

「……我開動了。」

和香朝味噌湯伸手，拿起湯碗喝了一口。

「啊，好喝。」

「因為熬出好湯頭了。」

中島型廚房擺著乍看之下像是枯樹枝的枕崎產的漂亮柴魚塊，和麻衣之前去鹿兒島拍片回來送的伴手禮一樣。看來她也確實準備了自己要用的份。

「這麼說來……」

和香以筷子俐落夾開烤鮭魚的魚骨，以視線詢問：「什麼事？」

「妳還好嗎？」

「啊？」

「身體啦。是過度換氣的症狀吧？」

「……」

和香不知為何語塞了。

「咦？不是嗎？」

「沒錯，但為什麼是現在講？」

「抱歉。我還太早講了？」

「是太晚了啦。」

和香說著以筷子指向咲太。

「這樣沒教養。」

「是誰害的啊？」

和香一臉賭氣的表情，不情不願地收回筷子。

「所以，還好嗎？」

「……在醫院檢查過了，醫生說沒問題。」

「那太好了。」

「一點都不好……」

和香正要伸向飯菜的筷子停了下來。她低著頭，注視桌面的一點。

「我……出了天大的差錯……」

握筷子的手在發抖，嘴脣在顫抖。和香整個人在打顫，如同在畏懼某種東西……

「那樣不對……不對啦。姊姊不會犯那種錯，那樣不是『櫻島麻衣』……」

「就算是麻衣小姐，也會在某些日子身體不舒服吧？」

她是人類，不可能總是完美萬全。

「你一點都不懂！只有姊姊不一樣。她沒有那種日子……」

「……」

「就算發高燒到意識恍惚，只要入戲，甚至可以面不改色地跑進寒冬的大海，這就是『櫻島麻衣』……姊姊就是這種人……我卻害得攝影中止，造成周遭工作人員的困擾……我受夠了。」

和香緊抱自己的身體像是要克制顫抖，但是這麼做無法消除內心的寒意。

「我受夠這種事了……辦不到，我想放棄……我受不了那種壓力……」

「……」

「我完全不懂。成為『櫻島麻衣』是什麼意思……原來我完全沒能理解……」

「……」

「我完全不了解姊姊的事……」

和香的聲音在哭泣。咲太覺得她的心也在哭泣，但她沒落淚。身體像是在抗拒哭泣，雙眼依然是乾的。

「這麼簡單就知道別人的事還得了？」

咲太自言自語般說了。實際上也是在自言自語。反正和香只顧著吐露心情，現在對她說什麼，她都聽不見。

「我剛開始只是崇拜……只是想要……可是早知會這樣，我就不會想要姊姊了……」

感覺和香越講越離題，逐漸搞不懂她這番話從哪裡開始，又要前往哪裡。

不過，咲太認為現在這樣就好。

或許和香覺得自己的說法符合邏輯，即使不是這樣，某些事講出來就會知道，也可以平復心情。既然這樣，就讓她盡情吐露吧。咲太的耐性至少可以靜坐一段時間陪她。

「幼稚園時期，曾經有過……」

「嗯？」

咲太喝著味噌湯，接收和香細如蚊鳴的聲音。

「一個跟我很要好的孩子有個姊姊……」

「嗯。」

「總是會分享點心給他吃的溫柔姊姊……我很羨慕那孩子，回家總會說『我想要姊姊』。我現在也記得很清楚……」

聽她這麼說的父母內心應該五味雜陳吧。一般來說，應該只要回答：「和香或許可以成為姊姊喔。對吧，孩子的媽？」就收場，但和香的狀況不同。雖然和她要求的姊姊不太一樣，但她有一個可以稱為姊姊的對象。

「我覺得因為我講個不停，爸爸才會告訴我。」

「有關麻衣小姐的事？」

「嗯。她當時已經在晨間連續劇演出……所以爸爸說『那孩子就是姊姊』。」

「當然會嚇一跳吧。」

「真的就是這樣。不過，我覺得好高興。上電視的人居然是姊姊，我覺得她好厲害，想見她一面。」

父親肯定也傷透腦筋吧。要讓兩人見面，需要麻衣母親的許可，也要考慮現在的立場，肯定沒辦法正常約日期見面。這麼一來，只能使用特別的方法。

「……難道說，這就是妳加入劇團的契機？」

「你明明長這樣，腦子卻轉得很快呢。」

「這種出人意料的特質很棒吧？」

「不過，沒錯……爸爸對我說『和香加入劇團的話，或許總有一天能見面』。」

「所以實際見面的地點是在選角會場嗎？」

「爸爸應該沒想過我會被叫去那種地方吧。學演戲很開心喔，想到自己正和姊姊做著同樣的事，真的很開心……」

這一點吸引了大人的目光。即使沒得到角色出道，卻具備資質。

「妳朝思暮想的姊姊怎麼樣？」

「帥得亂七八糟……」

「這是用來形容男生的話吧？」

「真的好帥……」

「哎，不過麻衣小姐現在也很帥。」

一般來說，這種事即使心裡明白也做不到。擔心別的事，卻還能專注完成原本該做的事……

一般來說做不到。

其實麻衣也很在意和香，所以將鑰匙交給咲太保管。她應該也想過來探望。

即使如此，麻衣還是優先以「豐濱和香」的身分完成「豐濱和香」當然得做的事。到學校上課，努力進行偶像活動。麻衣知道就長遠來看，好好過著和香該過的生活才是為了和香著想。畢竟不知道身體何時才能復原……

不被當前事物侷限的這種態度有點帥過頭了。

「不過，現在回想起來，我覺得姊姊當時不知道該怎麼面對我……」

「因為一般來說，不會突然就冒出個妹妹來啊。」

而且是同父異母的妹妹。父親扔下麻衣之後，和別人成立的家庭。自己已經很混亂了，而且和香當時面對盼望已久的姊姊應該很興奮，所以混亂程度更不用說吧。

「明明肯定不知道該怎麼辦，姊姊卻不愧是姊姊……」

「……」

「她摸我的頭說：『我也一直想要一個妹妹。』」

「真是令人討厭的小孩呢。」

太成材了。

「我要跟現在的姊姊告狀。」

「這種事等妳們和好再說。」

「……我沒臉見她了。」

「因為工作失敗？」

「這是一半的原因。另一半是……」

和香猶豫是否該說下去。

「如果是因為說過『超討厭』，妳們應該彼此彼此吧？」

「姊姊只說『討厭』，沒有加『超』這個字。」

「妳原本的外表明明是花俏的金髮女生，卻在意這種小事呢。」

「這種事超重要啦。」

「因為是『超討厭』啊。」

咲太巧妙地消遣之後起身，將鍋裡剩下的味噌湯盛入碗裡。

「啊，那個，我也要。」

和香伸出手。咲太接過碗，以湯勺幫她盛味噌湯。

咲太遞回湯碗，和香目不轉睛地注視著裡面的湯。味噌像積雨雲般翻動。

「那個……」

和香輕聲說。

「嗯？」

咲太發出聲音喝味噌湯。高湯熬得好果然就好喝。

「姊姊她……」

「她？」

「說了什麼嗎？」

聲音細如蚊鳴。即使如此，在沒有雜音的室內依然清晰。

「沒什麼，她也毫不擔心。」

「……這樣啊。」

低著頭的和香洋溢著悲愴感。或許是咲太這番話打擊到她，認為麻衣不管她而消沉。

「小姐，真的拜託一下，別用麻衣小姐的外型露出這種煩人的表情。小心我抱緊處理喔。」

「呃！你這傢伙是怎樣啊？我現在很正經耶！」

和香滿臉通紅地起身。

「別在吃飯的時候站起來。還有，妳剛才誤會了。」

「啊？」

和香依然站著，以疑惑的雙眼俯視咲太。咲太不以為意，將沒吃完的飯送進嘴裡。

「這裡說的『毫不擔心』，指的是拍廣告的事。」

「……咦？」

和香的反應慢半拍，似乎還聽不太懂咲太這番話的意思。不，或許只是無法相信，臉上露出呆滯的表情。如果是麻衣本人，基本上不會露出這種毫無防備、破綻百出的表情。

「這是怎樣？我不懂你的意思。」

「應該懂吧？就是字面上的意思。」

「……」

「她似乎認為會ＮＧ好幾次，即使如此，依然深信妳可以讓導演滿意。」

「……真的？」

「如果妳沒辦法相信，就直接去問麻衣小姐吧。」

「這我辦不到……」

「那就相信吧。」

「這我也辦不到。」

「真是任性的女生耶。」

「吵……吵死了！因為，可是……這種事……」

和香即使出言否定，表情看來依然明顯融化了。

「這是怎樣？糟糕……」

和香以雙手捧起放鬆的臉頰，但是一鬆手，臉就立刻復原。湧上心頭的喜悅心情使得表情放鬆下來。

「我說妳啊，只要像這樣笑就行了吧？」

「啊？」

「廣告拍攝。練習的時候，妳硬是要笑得像麻衣小姐，不過老實說，很假。」

現在這樣自然得多。這是和香自己的笑容，所以真要說的話是理所當然。

咲太不經意想起拍廣告前一天，麻衣在連鎖餐廳講的那段話。

——只要想起在劇團學到的東西，她毫無問題做得到。

麻衣之所以斷言「做得到」，或許是在說和香現在這樣的表情吧。咲太不禁這麼認為。

「用……用不著你這傢伙說，這種事我早就都知道了。」

「小姐，妳這句話絕對是假的吧？」

「吵……吵死了，吵死了吵死了！」

和香像孩子一樣雙手掩耳，假裝沒聽到。總覺得她莫名開朗，表情與聲音都和數分鐘前判若兩人。

或許這是和香原本的自我。

咲太思考這種事的時候，放在桌上的手機響了。原本是「麻衣」的手機，螢幕上顯示「涼子小姐」。記得是麻衣經紀人的名字。
和香一把抓起手機。
「喂？」
她以略帶緊張的聲音接電話。
「行程出來了嗎？」
改為麻衣的講話方式。
「下週？好的，星期五……和今天相同的時間……是，沒問題。今天真的造成困擾了。好的，請多指教。」
和香緩緩從耳際拿開手機，觸碰畫面結束通話。接著，她一反直到剛才的堅毅態度。
「怎麼辦啦！」
她說出內心的困惑，抱頭蹲下。
「不是沒問題嗎？」
她剛才面不改色地如此回應經紀人。
「我只能那樣說啊，你是笨蛋嗎？」
完全在對咲太亂發脾氣。
「哎，說得也是。」

「說真的，怎麼辦啦……」

即使被焦慮的心情折磨，和香依然看著電視旁邊的桌曆。從今天十二日到下週五共七天。她的視線在這段期間不斷來回。

她在思考這週可以做什麼。剛才明明說「再也不想做這種事」，卻好好面對確定會在下週進行的攝影工作。

所以，咲太覺得她可以勝任。沒有明確的根據，不過世間的事情並不是都以自信與明確的根據成立吧。雖然說起來不太舒服，不過大致都是就這麼懸在半空中，在不知不覺、逼不得已或是沒時間……得不到確切證據的狀態下向前。懸在半空中的和香想盡力而為，既然這樣，維持這種步調應該就行了。反正也沒辦法超越自己的極限。

「那麼，我回去了。」

「啊？」

「我說我要回家。」

「你這傢伙各方面的時間點都抓得有夠爛。大腦絕對有問題。」

「啊？哪裡有問題？」

「在這種狀況，你為什麼想留下我走人？」

「畢竟我給不了建議啊。」

咲太據實以告。

「是沒錯啦，可是……！」

「總之，這週妳就盡量努力吧。」

「不用你說，我也會努力啦！」

「不然是怎樣？因為妳消沉陷入低潮，所以要我多陪妳一下？」

「！」

咲太直接點明，和香瞬間滿臉通紅。大概是憤怒與害羞參半吧。

「滾……滾回去！立刻給我滾回去！」

和香用力指向玄關。

「我本來就要回去啊……喂，別推啦！」

和香雙手接連用力推咲太的背。咲太被推到走廊，來到玄關。

咲太穿鞋之後朝門把伸出手。

「啊，等一下。」

正要開門時，和香叫住他。

「嗯？」

咲太握著門把轉身。

「我有事要……拜託你……」

和香有些躊躇地說。

「不要。」

「……」

咲太一口拒絕，和香隨即明顯露出悲傷表情。真希望她別用麻衣的外表如此消沉。

「既然要拜託，麻煩揚起視線可愛地說『我有一個請求』。」

「這樣你就會答應嗎？」

「如果是麻衣小姐的請求就會答應。」

「那我呢？」

「妳外表是麻衣小姐，所以我會斟酌。」

「囂張。」

「所以，是什麼事啊？」

「可以做飯給我吃嗎？」

和香揚起視線，略微嬌羞地看咲太。和麻衣給人的感覺差很多，表情留著稚嫩感。

「妳還要吃？」

「不是啦，是今後每天做。」

「抱歉。我心裡已經有麻衣小姐了。」

「啊？」

「沒有啦，因為妳突然向我求婚，所以我拒絕了。」

「不……不是啦，不准拒絕！不是這樣！你超煩的！我的意思是想好好管理身體狀態啦！」

無論怎麼想，她剛才那句話都不足以說明。雖然這麼說，每天吃便利商店的便當，營養確實會不均衡。

「要是變胖就糟了……而且如果沒有好好吃飯，會影響皮膚的彈性與光澤。」

「稍微長點肉，我可是張開雙手歡迎喔。」

「不准用色瞇瞇的眼神看姊姊，笨蛋。總之，拜託啦。」

她事後補充般說聲「拜託啦」，表情在鬧彆扭，語氣自暴自棄。雖然撒嬌、惡作劇與從容程度完全不夠，但是這麼要求和香也很過分吧。她又不是麻衣。

「總之，飯菜就幫妳做吧。要順便幫妳洗衣服嗎？」

「這我自己來。」

「不用客氣。畢竟妳好像很忙。」

「下次再碰姊姊的內衣，我就宰了你。」

「褲襪算內衣嗎？」

「啊？那還用說嗎？」
「原來如此，不算啊。」
「我的意思是算啦！」
「別太激動。妳今天才被送去醫院吧？」
「還不是因為你！到底是怎樣啦，真是的！……唉，算了，你回去吧。」
和香發出噓聲趕咲太走。
剛才是誰叫住我的？如果咲太記得沒錯，應該是和香。不用她說，咲太本來就滿心想要回家。要是說出來可能又會起糾紛，所以咲太決定默默回家。
「那麼，明天見。」
「嗯。」
咲太走出玄關，和香自然地揮揮手。不過大概是覺得這樣不對，她將手放下之後，刻意以鼻子「哼！」了一聲再用力關上門。
「真是怪傢伙。」
咲太自言自語離開門口，獨自搭乘抵達的電梯，然後不經意想起一件事。
——和室的櫥櫃，絕對不准打開。
麻衣給他鑰匙時說的話。

剛才專心打掃做飯，完全忘了這件事。

「哎，改明天就行了吧。」

可以明天再做的事情沒必要在今天做，今天只要做今天一定要做的事情就好。

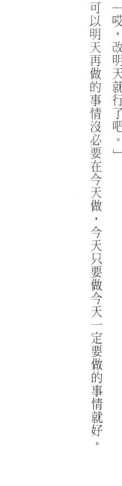

第二章

不是戀姊情結

1

每週一都覺得當週漫長得像是無窮無盡，不過只有這週，咲太光是思考每天的菜色就這樣不知不覺度過了。

豆腐漢堡排、以番茄裝飾的橄欖油拌鯛魚生切片、沾味噌醬的燉蘿蔔、馬鈴薯燉肉、青醬義大利麵……忙著製作各種料理，回過神來已經週四了。

這天也一樣，咲太在放學途中到超市購物，到麻衣家幫和香做晚餐。

避免熱量太高，以蔬菜為中心的菜色。今天的主菜是焗烤茄子。

上週日，翔子帶疾風來玩的時候，咲太試著做了一次，翔子與楓都讚不絕口。

「……」

和香也毫不抱怨地吃，看來真的很好吃。

「妳覺得會做焗烤的男生怎麼樣？」

和香吃完之後，咲太這麼問。

「比不會做的女生好吧？」

咲太迅速收拾空盤，洗好餐具。

完工之後，坐在開始在客廳沙發上看起DVD的和香旁邊。沙發隨著咲太的體重下沉，和香的身體微微傾斜。

「……」

和香就這麼默默重新坐好，緊貼在沙發邊角，盡可能和咲太拉開距離。

「我不會偷襲妳。」

「我沒辦法相信。」

「不過身為男生，被女生警戒會比較高興。」

被當成無害比較悲哀。

「我不是這個意思。去死啦。」

和香平淡地說，臉與視線都一直朝向前方。她在看電視，畫面播放的是麻衣主演的電影。暫時停止演藝活動前……麻衣還是國中生時的作品。

和香專心看麻衣在影片裡的動作。眨眼的方式或時機，不漏看眼神用法的每個細節。

像這樣檢視麻衣演出的作品成為餐後的慣例。有時候是電影，有時候是電視劇。

順帶一提，今天的作品是紅極一時的恐怖電影。名字被寫在某個社群網站上的人們接連離奇死亡。

麻衣飾演的是肯定會出現在陳屍現場的詭異少女，存在感強烈無比。明明只是站著，但是只要出現在畫面就令人無法移開視線，光是嘴角微微一動就令人背脊發毛。

第三名受害者洗澡的場景尤其恐怖。年約二十五歲的女性淋浴時，正前方的鏡子突然映出麻衣的身影。

「！」

和香發出不成聲的哀號。咲太也以為心臟要跳出來了。

和香似乎不敢看恐怖電影，看了五分鐘後就像是要保護身體般抱著抱枕。出現第一個犧牲者之後，她將半張臉埋進抱枕，變成偷看的姿勢。

即使如此，她依然沒移開視線看到最後，因為她抱持希望，覺得這樣或許可以掌握某些演戲的訣竅。

開始播放片尾字幕時，「櫻島麻衣」的名字出現在演員列表的最上方。

「啊～～真是的～～怎麼辦啦！」

這個名字消失不久，和香就抱頭這麼說。

「什麼事？」

「明天就要重拍廣告了吧。」

「我知道啊。」

「到最後，我什麼都沒掌握。」

「唉……」

咲太發出有氣無力的聲音。

「這是怎樣？我才想嘆氣啦……」

「妳是說真的？」

「什麼事情說真的？」

「結論已經出來了吧？現在煩惱又能怎樣？」

如同和香剛才所說。那句話說明了一切。沒掌握任何頭緒也沒抱持任何自信，就這樣來到攝影前一天……這就是結論。

「只是得到一週的緩衝時間，也無法成為『櫻島麻衣』對吧？」

「這……」

當事人和香肯定比較強烈感受到這個事實，超過十年的藝齡差距無法輕易填補。即使熱衷研究影片，也只會見識到「櫻島麻衣」多麼高明。

到頭來，如果用看的就可以偷學，那麼立志成為演員的人都可以成為麻衣那樣。這個世界將到處都是「櫻島麻衣」。

「反正到了明天也不會改變喔。就這樣迎接明天來臨。」

「這……這種事不要明講啦！」

「即使迎接正式拍攝的瞬間，妳依然是妳自己。」

「就說別講了……你的神經究竟長怎樣啊？」

「我哪知道？我又沒看過神經。」

「我不是在講物理層面的神經啦！」

起身的和香大口喘氣。等到身體復原，應該再也看不見麻衣露出這種表情吧。

「哎，所以用不著連做不到的事情也想做吧？」

如果和香想完美飾演「櫻島麻衣」，將會再度和上次一樣把自己逼入絕境。結果就是上週那樣……發生過度換氣症狀導致攝影延期。

「勉強及格就好喔。妳太貪心了。」

「……」

和香目不轉睛地注視咲太，似乎要試探他真正的意圖。

「怎麼了？突然不講話。」

「我好像開始理解了。」

「啊？」

「理解你這個人。」

「現在是研究我的時候嗎？」

「雖然講得亂七八糟，但你是在鼓勵我。」

和香露出得意洋洋的笑容。

「畢竟是麻衣小姐的工作，我當然希望順利完成。」

「是喔，我就當成是這麼一回事吧。」

「呃，我是說真的耶。」

「如果是這樣，我會火大。」

「那妳就儘管火大吧。」

咲太說著從沙發起身。

「怎麼了？要回去？」

「是啊。要是太晚回去，麻衣小姐心情會不好。」

麻衣自己將鑰匙交給咲太保管，認可咲太照顧和香，但要是回家時間太晚，她就會用「真晚呢」的銳利話語刺痛咲太。像是昨天，她甚至提出「到了晚上八點就給我回來」這種像是昭和時代的門禁要求。

「只是陪她一起看麻衣小姐的電影或連續劇啦。」

咲太姑且像這樣告知原因。

「我並不是不信任你喔。」
麻衣說完撇過頭。
「不然是為什麼？」
「要是和香想要你，在各方面都會很麻煩吧？」
麻衣噘嘴說出意外的話語。
「妳說的『想要』是情色方面的意思嗎？」
「……」
「對不起，我開玩笑的。」
暴露在冰凍般的眼神之下，咲太早早道歉。
「能給的東西我會給，但我目前不想把咲太給她。」
強壓害羞心情的麻衣雙眼透露出「我可不是在開玩笑」的怒氣。大概是因為咲太笑嘻嘻的。
不過咲太希望她也能原諒這一點。麻衣講了非常可愛的話，咲太甚至想錄下來每天重聽。
「不過目前她大致算是討厭我。」
和香甚至忘記咲太幫她打理伙食的恩惠，幾乎每天都說「不准用色瞇瞇的眼神看姊姊的身體」或是「不准太接近我」之類的話。
「假設這種感情真的萌芽，反正也只是羨慕起姊姊擁有的東西，類似這種感覺吧？」

「但願如此。」

麻衣沒繼續多說什麼，卻是絲毫無法接受的樣子。

這是昨天發生的事，所以今天最好早點回去。要是不小心晚歸，這次不知道會被怎麼唸了，可能會進行相應的處罰。

「總之，妳就放鬆洗個澡，今天早點睡吧。」

咲太一邊走向玄關一邊對和香這麼說。

明天的攝影工作也是大清早進行。聽和香說，經紀人會在凌晨四點半來接她。

「不用你說，我也知道啦。」

「那我走了。」

「啊，等一下。」

咲太要走出客廳時被和香叫住。

「要我傳話給麻衣小姐？妳自己去對她說啦。」

「不是。」

從她回應的感覺看來真的不是。

「不然是什麼事？」

「那……那個……我想放鬆洗個澡，所以可以待到我洗完嗎？」

她不安地揚起視線。
「啊？」
完全沒預料到的這段發言使得咲太呆呆張開嘴。
「是你要我放鬆洗個澡，今天早點睡對吧？」
「我不懂我為什麼要留下來。一丁都不懂吶。」
「一……一個人洗澡的話……有時候會覺得好像有人進到家裡……」
和香輕聲說明理由。
「啊～～淋浴的時候，確實偶爾會覺得有人站在後面呢。」
「……」
和香沉默下來，大概是回想起剛才看到的電影片段吧。
「總歸來說就是會怕？」
「你看到那一段的時候，不是也抖了一下嗎……」
和香甚至忘記虛張聲勢，一副快要哭出來的樣子。
「如果是一起洗，我就答應。」
「……」
和香一臉正經地深思。

「只……只要姊姊說可以……」

接著她一臉嚴肅的表情，語出驚人。

「不，我是開玩笑的，別當真。」

和香不時會露出這一面。玩笑話不管用，證明她本性正經。

「唔！真的去死吧！去死兩次！」

「意思是要我在社會上的形象死亡，身體也要去死是吧？」

用不著和香解釋，咲太就滿不在乎地這麼說。

「我絕對不會讓你看姊姊的裸體。」

「我也一樣。既然要看，我想等內在是麻衣小姐的時候再看。」

「話說，我不是要講這個啦！」

大概是不滿咲太稍微將話題引導到奇怪的方向，和香狠狠瞪了一眼。

「……」

咲太打了個呵欠，她隨即默默嘛嘴。

「我知道了。等妳洗完就行吧？真是麻煩的傢伙。」

「最後那句話是多餘的。」

和香一邊抱怨一邊拿起咲太剛才疊好放在沙發上的睡衣，先衝進寢室一趟。大概是去拿替換的內衣吧。

她立刻走出房間，前往更衣間。途中，她停下腳步轉過身。

「不准偷看喔。」

她對咲太這麼說。

意思是叫我偷看嗎？就咲太聽來只像是這個意思。

不過，更衣間的門隨即關上，響起上鎖的清脆聲響。

「……」

這樣就無從偷看了。

咲太不得已，只好坐在沙發上。他不經意看向隔開客廳與和室的兩扇門寬的隔間。

——和室的櫥櫃，絕對不准打開。

咲太回想起麻衣這番話，將鑰匙交給咲太保管時說的話。

「……」

雖然直到今天都沒機會確認，但現在和香也在洗澡，這或許是大好機會。

咲太起身，打開鄰接客廳的和室拉門。

大概是平常很少使用，裡面幾乎沒放東西。榻榻米也還散發新品的香味，維持在乾淨漂亮的狀態。

房間最深處擺著應該稱為櫥櫃的物體——這間和室唯一的家具。

咲太拉開最上層的抽屜，空蕩蕩的空間只收藏了一個東西。

點心罐。

鴿子餅的黃色罐子——三十六片裝的大型罐子。

咲太從櫥櫃取出罐子，放在榻榻米上。

慎重打開。

「……」

裡面是一疊信，全部以相同筆跡寫上收件人「櫻島麻衣小姐」。郵戳最古早的一封信是以平假名寫麻衣的名字。

寄件人的名字無須確認。

咲太將這疊信收回罐子，像是對待寶物般輕輕收回櫥櫃，關上抽屜復原。

他也立刻離開和室。

「啊～～」

伸手向後關上拉門之後，刻意發出聲音表達現在的心情。

麻衣的想法收藏在櫥櫃裡，而且和香的真心話已經藏不住了。

「真是的，不能早點和好嗎？」

對於這對不坦誠的姊妹，咲太由衷這麼想著。

2

從結論來說，即使攝影當天來臨，和香依然沒做好準備。出現在拍攝現場的和香一臉悶悶不樂，試拍時的表情也還很僵硬。

人很難在短短一週的時間改變，原本就不是可以改變的東西。

不過，為了嘗試解決而反覆摸索，持續掙扎的時間，咲太認為絕對不是白費。

肯定也知道了一些事情，察覺了一些事情。因為即使是只在和香身旁看著她的咲太，內心也冒出各種想法。

現實肯定是這麼一回事。

不只是攝影，做好完美準備的狀況很少見。即使給予數週的緩衝時間，不安的感覺依然會從某處纏上身，只能抱著這樣的不安面對、克服眼前的現實。

咲太認為這週就是用來理解這一點。證據就是開拍超過一小時的第十二次拍攝之後……

「好，ＯＫ！辛苦了！」

導演充滿朝氣的聲音響遍清晨的車站。

劇組早早開始準備撤收，時間也已經超過七點半，來車站的乘客增加。遛狗路過的附近大嬸等人也停下來參觀攝影過程。

和香前往正在收拾的工作人員那裡，逐一向他們致意。攝影師以笑容回應，旁邊的助手被搭話之後露出惶恐的樣子。

咲太是局外人，沒辦法進入這個工作圈，決定悄悄離開。他在上週攝影時也來露面，察覺這一點的工作人員投以疑惑的視線。咲太不介意被當成追著「櫻島麻衣」跑的熱情粉絲，但他們的眼神明顯是在提防可疑人物。

等待平交道前面的綠燈亮起之後，過馬路前往海邊。現在這時間回家一趟太晚，去上學也太早。在這種時候，看海打發時間是最佳選擇。

時段還很早的海邊幾乎沒人，只有遠方看得見零星人影，沒人位於聲音傳得到的距離，實際上是包場狀態。

傳入耳中的盡是大自然的聲音。只有令人感覺到秋意的涼爽海風，以及潮來潮去的海浪聲籠罩世界。

直到幾天前都覺得夏天還在持續，不過像這樣在這裡吹風就實際感受到秋天確實到來了。

九月已經進入中旬，一直都是夏天的話會很麻煩。

感覺晨光照亮的海面以及夏季的藍都不再鮮明，逐漸變成秋季的深邃色彩。平穩清爽的景色。

沒有任何遮擋視野的障礙物，只有海洋、天空以及水平線。

咲太獨占這一切，打了一個大呵欠。

「呵啊～～啊～～」

五點起床果然不好受。好睏。耀眼陽光令眼睛睜不開。

「有你這傢伙在，漂亮的景色都被搞砸了。」

這個聲音從面對海的咲太旁邊傳來。

咲太只以視線確認。站在海灘邊緣的人是和香，外表是麻衣的和香，以浮在海面的江之島為背景，有如電影片段的光景。

咲太剛才在發呆，完全沒察覺和香的氣息。

「他們說要開車送我上學，不過時間還早，所以我就繞過來看看。」

和香主動說出咲太沒問的事。拍廣告用的制服已經換回熟悉的峰原高中制服，明明是夏季服裝卻穿著黑褲襪。一如往常的搭配。

和香一邊看海一邊靠近，在距離三步左右時停下腳步，身體面向大海。

「嗯～～！好舒服～～！」

雙手筆直舉高伸懶腰。

「攝影辛苦了。」

「嗯。」

「順利結束真是太好了。」

「一點都不順利。居然拍十二次，真的太離譜了。」

「比起上次在正式拍攝前昏倒，這次好得多吧？」

「我想忘記這件事，不要動不動就提。」

對話暫時中斷。

兩人聆聽著海浪聲與風聲。

「我果然不可能像姊姊那樣。」

和香一開口就朝海面吐露心情。

「今天不是拍攝ＯＫ了嗎？」

「我不是這個意思。」

「啊？」

「是說身體復原之後。」

「這件事啊。」

「就算以甜蜜子彈的『豐濱和香』大受歡迎……變成姊姊那樣的超級名人……我也真的無法想像自己每天都活在這麼大的壓力下。絕對辦不到。」

「這種事等妳走紅再想吧。」

「……」

咲太感覺旁邊有道銳利的視線。轉頭一看正如預料，和香不悅地看著他。不對，是瞪他。

「你覺得我不會紅？」

「是啊。」

「不准隨口肯定！」

「沒有啦，因為偶像不是一大堆嗎？」

麻衣最近常看各種偶像團體的演唱會影片，所以咲太也知道現在世間就是有很多團體。

聽麻衣說，光是某間規模夠大的事務所，旗下偶像就有兩千人左右。要是加上在地或地下偶像，不知道有多少人，處於極度僧多粥少的狀態。

其中能夠頻繁贏得上電視機會的只有極少數。在華麗舞台的背後，無數偶像團體夢想著閃亮登台的那一天，拚命擠窄門。

「不過你說得對，確實一大堆。」

「而且也有很多女生比妳可愛。」

「是……是沒錯啦！」

和香眼神看來氣沖沖的，禁止咲太明講。不對，她整張臉都鼓起來了。

咲太不以為意地說下去：

「像是唱歌跟跳舞也……」

「你不是沒看過我的演唱會嗎？」

「看過喔。就像妳狂看麻衣小姐的電影與連續劇，麻衣小姐也在我家認真看演唱會影片，或是叫做ＰＶ？ＭＶ？的影片。」

「反過來說，你居然看過之後還敢在當事人面前批評耶。」

「在當事人不在的地方批評才惡劣吧？」

「無論如何，你真的一點都不貼心。」

「如果『貼心』的意思是明明認為很難走紅，卻講出『一定會紅』或『努力就會紅』這種假惺惺的話加油打氣，那麼這種東西我早就大出來沖進馬桶了。大號的沖水水流比較強。」

「……」

和香張嘴呆住。

「抱歉在妳因為我的箴言而大受感動的時候講這種話，但是不要用麻衣小姐的臉露出這種呆

滯的表情。」

「我是打從心底感到錯愕啦。說真的，你到底是什麼人啊？」

「我是梓川咲太。」

「唔哇～～真的好煩。」

和香以做作的語氣說完，在沙灘上踏出腳步，選擇被海浪稍微打濕的海灘邊緣前進。這裡和乾燥的部分不同，踩起來比較穩。

路線往東。東方是鎌倉方向，學校也在這個方向。走一站就會抵達七里濱站的範圍。

咲太以相同速度跟在逐漸遠離的和香身後。

「啊～～怎麼辦？」

「妳天生就是這種長相跟身材，放棄吧。」

「沒人在講這個啦！」

「不然在講什麼？媽媽希望妳像櫻島麻衣那樣受歡迎，妳卻察覺絕對做不到，所以不知道該怎麼辦嗎？」

咲太若無其事在和香身後詢問。

「……」

和香默默停下腳步，咲太也一起停下腳步。兩人距離約三公尺。

「是啊，不行嗎？」

和香頭也不回地回答。

「行不行不是由我決定。」

「……」

「妳認為呢？」

「認為什麼？」

「想成為麻衣小姐那樣嗎？」

「……」

和香就這麼背對咲太一動也不動，微微低頭思索。海浪來回第二次、第三次。

「不清楚。」

和香以特別清楚的口吻說出模糊的回應。

「以前，我想變成像她那樣。畢竟我沒看清現實……而且真的很崇拜她。」

和香抬頭，將聲音投向天際。

「現在呢？」

「就說了，我不清楚。」

和香露出像是看著笨蛋的眼神轉身。

「這次的經歷讓我察覺了，我絕對辦不到。我待在那種壓力下會被壓死。真要說的話，我再也不想變成像姊姊那樣了。」

咲太覺得這是很老實的回答，覺得害怕就坦承自己害怕。

「既然這樣，只能使用不同於麻衣小姐的方式，讓妳的母親接受了。」

「不要這麼簡單地說出這種模糊的目標啦。」

「因為用說的很簡單，我才用說的啊。」

「……」

和香瞇細雙眼宣洩不悅情緒。

「既然繼續下去沒意義，就算不當也沒關係吧。」

「咦？」

「不當偶像。不情不願地被迫繼續當下去，粉絲也會難過吧？」

咲太說著踏出腳步，經過和香身邊超過她。

「然後趕快把身體還給麻衣小姐，回妳自己的家吧。我這邊明明是同居狀態，麻衣小姐卻老是在練歌或練舞，完全不理我，我每天都過得慾求不滿。」

想聊幾句而向麻衣搭話，她會說「抱歉，等我練完舞」；練完舞找她說話，她又會說「我要睡了，等天亮吧」；隔天早上則是早早出門慢跑不在家，回來之後沖個澡就匆忙去上學了。

到了週末幾乎都會前往名古屋、大阪或福岡等地，在活動會場或購物中心舉辦迷你演唱會。這種彼此擦身而過如同怨偶的生活，麻衣卻沒有自覺，不認為自己有錯，使得這個問題更加嚴重。因為只有咲太對現狀不滿。

「既然這樣，我來陪陪你吧？」

「啊？」

咲太轉頭一看，和香臉上掛著愉快的表情等待。打鬼主意的壞心眼笑容。想必是要利用麻衣的外表捉弄咲太吧，不過她的表情完全洩漏了計畫。

雖然這麼說，咲太也沒理由拒絕，所以決定老實地接受她的好意。事到如今，即使內在是和香也忍耐一下吧。考量到至今的禁慾生活，只要別太過火，麻衣肯定也會原諒。

「具體來說，妳願意做什麼？」

「只要是姊姊目前許可的範圍都可以喔。」

和香一臉從容地靠近。看來她相信咲太之前所說「只到牽手的程度」這個謊言。差不多該告訴她真相了。

「啊，還不到法式的程度。」

「你在說什麼？」

「親親。」

「啊？」

和香似乎還來不及聽懂。

「咦？不會吧，等等！那麼不是法式的親親呢？」

和香結結巴巴，好不容易說出疑問。

「做過了。」

「！」

受驚的和香被沙堆絆到腳，完全失去平衡，往咲太的方向倒下。

「啊，笨蛋！」

咲太連忙撐住和香的身體，卻沒能完全抵銷倒下的力道，被她推倒在沙灘上。

此時，右臉頰傳來柔軟的觸感。咲太知道這種觸感，麻衣曾經對他做過相同的事。

和香下一秒的反應告訴咲太他猜對了。

「！」

和香連忙起身，以雙手摀住嘴巴。臉蛋已經泛紅，視線一和咲太相對，臉頰就更加通紅，並且立刻轉身背對咲太，作勢拍掉制服裙子上的沙假裝平靜。明明為時已晚……

「真希望麻衣小姐幫我一下呢～～」

咲太伸出雙手要和香拉他。

「……」

和香瞬間展現猶豫的舉止，但她大概是不想被當成在害羞，於是默默接近咲太，將嘴巴緊閉成一條線，一臉像是在忍耐的表情拉咲太起來。

「老實說，我沒想到妳會做到這種程度。」

「不……不對……對啦。只是這樣沒什麼大不了……」

和香嘴裡這麼說，但還是撇過頭。

「畢……畢竟是高中生了，親……親……親吻只是家常便飯。」

「身為偶像，講這種話應該出局吧？」

「我……我沒做過啦！」

和香一時慌張，語無倫次。

「騙你的，我做過啦！」

而且大概是察覺到自掘墳墓，於是又像補充說明般改口。

「不對，就說了，身為偶像，做過的話不太妙吧？」

「是跟團員做的，所以沒關係啦！」

咲太隨口消遣和香，卻聽到天大的爆料。

「……」

實際想像兩個女生親吻，就散發出挺強烈的悖德感。

「小姐，原來妳是那個圈子的人？哎，畢竟妳超喜歡姊姊呢。」

「不是那個圈子！我喜歡的是男生！」

咲太覺得該離開這個話題了。完全亂了分寸的和香或許會爆料更驚人的事。她原本非得否定咲太這番話，但她甚至忘記否定。看來可以認定她超喜歡姊姊。

「既然打起精神了，那就上學去吧～」

現在時間還很早，但要是跟和香嬉鬧太久而遲到……咲太無法接受。他可是特地五點起床。

「等……等一下！」

咲太踏出腳步時，和香在身後叫住他。

「呃，妳要辯解的話就免了。」

「不是那樣……」

咲太轉身一看，和香的表情和剛才不同，收起了害羞的感覺。

「我雖然沒辦法變成姊姊那樣，不過會繼續當偶像。」

揮別某種陰霾的表情。和香向咲太投以清爽的笑容。

「雖然是媽媽擅自報名甄選，我湊巧獲選而踏上這條路，不過開演唱會很開心，而且也有粉絲為我加油。」

「這樣啊。」

「嗯。所以我要先努力爭取到主唱的歌曲。這麼一來，媽媽或許也會理解。」

「是喔……」

「那個……」

和香的聲音突然低了八度，表情只能形容為不悅。

「什麼事啊？」

「你為什麼看起來一副覺得無聊的樣子？」

「因為無聊吧？」

「啥？我明明在說正經事耶。」

「正經事大多無聊吧？」

「說真的，你的腦袋到底裝了什麼啊？」

「大概裝滿麻衣小姐的事吧。」

「……」

「……」

「我知道了。我一定要走紅，讓你後悔。」

「萬一這一天來臨，我就對妳說聲甘拜下風吧。」

「別忘記這句話啊。」

「要在我忘記之前走紅啊。」

拌嘴的過程中，咲太這次真的走向學校了。和香也隨後跟上，跟他並肩前進，低聲恣意地抱怨他好一陣子。

走上階梯，來到通往學校的道路。

等綠燈時，和香察覺有異，從書包袋子取出手機。看到畫面的瞬間，她身體一顫。

「幫我接。」

和香簡短說完就遞出手機。朝向咲太的畫面顯示有人來電，來電者是「和香」。換句話說，是麻衣打的電話。

咲太一度想說「妳自己接」，卻覺得電話會在兩人推托時掛斷，所以默默接過手機，觸碰畫面接電話。

「喂？」

『為什麼是你接？』

「沒有啦，因為她說不想跟麻衣小姐講話。」

「我……我沒說！」

和香氣沖沖地拉扯咲太的制服短袖。

『哎，反正是要找你，沒關係。』

「找我？」

『嗯。我剛才出門前，你家電話響了……我沒看過那個號碼所以沒接，不過後來電話進入語音信箱……』

咲太家的電話在對方要留言的時候，不用拿話筒或接電話都聽得到對方的聲音。

「誰打來的？」

『你父親。』

從麻衣的話語感覺到些許緊張。麻衣知道咲太和父母分居的隱情，所以在關心。

「楓呢？」

『好像只從房間探頭聽。雖然她說「沒事」……但好像稍微嚇到了？』

「這樣啊。」

今天早點回家，做楓愛吃的東西給她吃吧。

『先擔心小楓，果然是你的作風呢。』

麻衣自言自語般說出這種感想。

「我爸留言說什麼？」

『問你後天週日能不能見面。』

「知道了。謝謝妳特地通知我。」

『嗯。』

「啊，廣告順利拍好了。不過拍了十三次左右。」

「十二次！」

和香立刻糾正。麻衣大概也聽到了吧。

『這樣啊。幫我跟和香說聲辛苦了。』

即使咲太露骨地改變話題，麻衣也沒說什麼，順著咲太的意思走。咲太覺得她應該想問一些事，而且也擔心和香，卻沒將這份情感表露在態度上。麻衣知道要是表露出來就會被逼著作答。關於父母的事，咲太非常感謝麻衣的這份貼心。咲太並未和父母交惡，也不會抗拒和他們見面或講電話，不過現在是分開生活。關於這種像是懸著的狀態，咲太要巧妙地告知自己的想法以免誤會並不是簡單的事。

『那麼，我快到學校了。』

「好的。」

咲太結束通話之後，將手機還給和香。和香看咲太的眼神像是欲言又止。在這個時候，即使內在是麻衣，肯定也會露出相同的表情。實際上，和香這時候的表情和麻衣一模一樣。

3

這天放學路上，舉辦了一場奇特的忍耐大賽。

契機是一通電話。今天早上，麻衣告知咲太父親打電話聯絡，這是一切的開端。

「……」

感覺到和香想問話的視線。

「……」

相對的，咲太徹底假裝沒察覺。

在七里濱站小小月臺等電車的時候，搭乘短短的四節車廂電車之後，以及在藤澤站下車之後，依然繼續這種無言的互動。

咲太認為和香個人想要貼心地不過問，努力掩飾以免疑問浮現在臉上。但是這種做作的態度反而刻劃出她的內心。咲太很久以前就隱約覺得和香不擅長說謊，表情或動作會透露真心話。

咲太在便利商店買有點高級的布丁以及走出店門時，只要兩人四目相對，和香就會露骨地移開視線。

要假裝沒察覺這件事需要相當的演技。

「妳想問我的家庭狀況嗎？」

離開便利商店沒多遠時，咲太嫌煩般提出這個話題。照常理來想，高中生哥哥和國中生妹妹相依為命很不自然，任何人都會感到疑問吧。

「……」

和香有些驚訝地看向咲太。

「這件事，我大致聽姊姊說過。」

但她立刻重振精神，輕聲告知。

「在身體對調的那天聽到的。」

語氣暗藏辯解的感覺，是來自擅自得知他人難言之隱的罪惡感。

麻衣應該是判斷有這個必要才告訴和香，所以咲太不覺得有任何問題。和香當然也不用抱持罪惡感。

「不然是什麼事？」

「你對父母有什麼想法？」

兩人停下來等紅綠燈。

「我把他們當父母。」

「啊？」

「就說了，把他們當父母。」

「這是怎樣？應該有很多更進一步的想法吧？」

「比方說？」

「像是喜歡、討厭、覺得火大，或是嫌煩。」

「那麼，以上皆是。」

咲太隨口回應。

「……」

和香的雙眼盡是不滿，似乎認為咲太沒說真心話。

「妳剛才講的，我大概每種都想過一次喔。」

「居然說大概……」

「不然妳希望我怎麼說？」

綠燈亮了。咲太留下沉思的和香逕自前進。和香像是突然想起來似的跟上去。

和香走到咲太身旁，嘴角越來越因為不滿而扭曲，最後嘴噘了起來。不過看起來不是不滿意咲太的回應，而是轉變為無法漂亮掌握主導權的小小不耐。

「不恨他們？」

穿越路口之後，和香再度詢問。

「不恨。」

這無疑是咲太的真心話。

楓遭到霸凌，導致現在一家人分居兩地。剛演變成這種結果時，咲太覺得自己內心確實有一股不安穩的情緒，覺得憎恨父母。不過現在回顧那一瞬間，就認為這始終只是剎那間的事。經過一段時間之後，心情反倒變得平靜。不過，當時成為咲太支柱的某人……牧之原翔子的影響當然很大……

「為什麼？」

「大概因為他們是父母吧。」

這次咲太也隨口回答。即使是想得艱深就會覺得艱深的事，只要想得簡單就會意外地簡單。

「……」

和香再度閉口，似乎在思考某些事。大概是在想她與母親的關係。

對於吵架離家出走的和香來說，母親肯定是厭惡的對象。不想看她的臉也不想聽她的聲音，不想被干涉。

不過，和香內心某處肯定知道不可以這樣下去。不願意這樣下去。

所以，她在咲太的話語中尋找答案。只是她再怎麼謹慎尋找，也沒有她要找的答案。只有咲

太提出的答案。

「別人家跟我們家不一樣。妳爸媽沒把這句話掛在嘴邊嗎？」

「在我家，他們比較常要求我『要向麻衣看齊』。」

和香詛咒般低語。

「這還真令人受不了呢。」

「真的，受不了。」

對話至此中斷，和香不再問問題也不再說話。但是這股沉默也沒持續太久。

兩人回到公寓前面時……

「那輛車……」

和香說完蹙眉。

她看著停在前方的白色廂型車。車牌標示「品川」，至少不是這附近居民的車。

咲太思考這種事觀察車輛時，駕駛座車門打開了。下車的是年約四十歲，看起來很端莊的女性。她的雙眼筆直看著和香，一副沒將咲太放在眼裡的樣子，踩響鞋子接近。

和香的嘴下意識說著「媽媽」，但沒發出聲音。

「麻衣小姐。」

相對的，和香母親的語氣很清晰，隱約帶刺，看著「麻衣」的眼神也很鋒利。

「和香在哪裡？」

母親帶著嚴厲表情逼近「麻衣」。她不可能知道眼前這個人是和香，畢竟她無從知道兩人身體對調的事實。就算說出來，一般來說也不會相信吧。所以母親始終將她視為「麻衣」面對。

「夠了吧，請將和香還給我。」

她的態度完全把麻衣當壞人。

「那孩子現在正處於很重要的時期。別礙事。」

「不好意思，我聽不懂您在說什麼。」

和香模仿麻衣的語氣回應，但是嘴唇微微顫抖。

「她在妳家吧？」

「不，沒有。」

「胡說八道！」

實際上，她沒說謊。保管和香身體的麻衣現在住在咲太家。

「真的不在我家。要進來確認嗎？」

「……」

母親沉默了。要是進去之後真的沒找到人，就非得承認自己沒禮貌，所以她銳氣受挫。看來她還留有這種程度的冷靜。

「不，免了。」

和香的母親稍微思考之後，說出這句話打退堂鼓。

「要是和香聯絡妳，就幫我轉告她，叫她早點回來。」

「知道了。」

和香不改身為麻衣的表情，表現出剛強的樣子。

「……」

母親似乎對她成熟的態度有意見，最後卻不發一語地回到車上。引擎發動，車輛立刻起步。

「討人厭的母親對吧？」

看不見車尾燈之後，和香這麼說，眼角有些悲傷。任何人說父母壞話肯定都不好受。

「但我覺得為孩子拚命是好事。」

「那只是想維護自己的尊嚴罷了。」

這當然也是原因之一吧。如同麻衣之前所說，麻衣與和香被迫代打這場比較母親優劣的戰爭。原本以為麻衣的母親大獲全勝之後，和香的母親已經失去鬥志……然而對她來說，這場戰爭還沒結束。她剛才的態度就述說了這一點。

同時，在和香母親不顧一切的表現中，咲太似乎看到家長對和香的想法。

咲太覺得人們如果是為了自己，理性就會運作導致躊躇，會在意周圍的目光，無法亂來。然而如果是為了別人，就可以用「不得已」三個字對自己解釋，因而拚命去做。

至少咲太沒勇氣為了自己而丟臉。之前在全校學生面前向麻衣表白，是基於相應的理由。正因為有一個非得這麼做的理由才做得到。

「……」

已經看不見母親的車，和香卻依然望向該處。看著這張落寞的側臉，咲太似乎明白了和香在放學途中向他尋求什麼答案。

「沒關係吧？」

「……」

和香以眼神詢問：「什麼？」

「喜歡媽媽也沒關係的。」

「！」

「即使吵架、即使覺得火大、即使離家出走，妳還是喜歡媽媽吧？」

「……」

和香不發一語，緊咬牙關，目不轉睛地注視咲太，瞪著咲太。就像在試探他真正的用意，甚至忘記眨眼……

「……就算是那麼討人厭的母親？」

和香停頓片刻之後，沒什麼自信地詢問。

咲太感覺這正是和香的真心話。母親要求她「像麻衣」而總是干涉，令她不耐煩，大吵一架……如今離家出走。

至今看過母親許多討厭的地方，聽她說各種氣人的話。即使如此，和香依然沒有完全討厭母親。一方面覺得這樣很奇怪，一方面也同樣希望自己能繼續喜歡母親。

和香自己無法對這兩種相反的想法做個了斷，才會向咲太尋求解答吧。

——不恨嗎？

她將所有想法放進這句短短的詢問……

「誰說她是討人厭的母親啊？」

至少咲太什麼都沒說。

「我自己這麼認為，而且她每次都來看演唱會，所以團員都認識我媽……我知道她們會說『小香的媽媽有點不得了吧？』這種話。」

「所以妳覺得不能喜歡她？」

「……」

「好蠢。」

「可是……！」

「既然媽媽被當成壞人讓妳不高興，答案就已經出來了吧？既然吵架讓妳不高興，答案不就出來了嗎？」

「……」

大概是一直覺得很難受，和香緊抓胸口。

「為什麼……」

「嗯？」

「為什麼……你這傢伙會說出我最想聽的話……」

和香即使強忍淚水，依然繃緊表情瞪著咲太。但她沒撐多久。她敗給湧上心頭的情感，轉變成開心與懊悔交加的稚嫩表情，就像逞強不哭的孩子。

「小姐，不要用麻衣小姐的臉蛋露出那種表情。這樣太可愛了，我會偷襲妳喔。」

「不准偷襲我啦，豬頭。」

和香以手指擦掉眼角的淚水。

「小姐……才剛說完就……」

這個動作的破壞力超群。

「你也別這樣。」

「啊？」

「你經常很不客氣地叫我『小姐』，我從以前就覺得受屈辱。」
她像是要掩飾淚水般這麼說。
「那麼，妳也別這樣。」
「啊？」
「雖然我聽妳叫我『你這傢伙』也不痛不癢……」
「好煩。」
「但是不要用麻衣小姐的外型講粗魯的話。」
「這番話聽起來是認真的。原來你真的喜歡姊姊。」
「沒錯。」
「……」
「怎麼了？」
「咲太，你沒羞恥心嗎？」
和香隨口就直接叫咲太的名字。
「因為『梓川（Azusagawa）』這個姓太長了。」
明明沒問，她卻慌張地說出理由。背對咲太的臉微微泛紅。
「總之，隨豐濱妳怎麼叫吧。」

「……」

「『豐濱』與『和香』只差一個音節。」

「我什麼都沒說。」

「還是說要叫妳『小香』？」

這是偶像「豐濱和香」的暱稱。

「不准瞧不起我。」

「不願意的話，我只在內心這麼叫妳吧。」

「你這傢伙……」

「小香，妳的稱呼又變回去了喔。」

「你這傢伙叫『你這傢伙』就夠了啦！」

和香扔下這句話之後，氣沖沖地進入公寓。

「看來前進一步又倒退一步了。」

咲太覺得這樣也好，決定同樣轉身回家。

「我回來了～～」

咲太打開玄關大門如此大喊。

「哥……哥哥，你回來啦！」

楓充滿活力的聲音迎接他。只是咲太等再久，楓都沒來到玄關。明明平常應該會和家貓那須野一起小跑步過來……

不知為何，今天的楓只從盥洗室門縫探頭，觀察返家的咲太。

「哥……哥哥，今天好早呢。」

聲音生硬，從表情看得出她在慌張。

「是嗎？話說，這是新遊戲？」

咲太脫鞋進入屋內。這裡是自己家，不用客氣。

「如……如果哥哥以為楓老是在玩，那就大錯特錯了。」

楓難得鬧彆扭，一副深感遺憾的樣子。

「這裡有布丁喔。」

咲太舉起便利商店的袋子強調。

「耶～～！」

楓隨即展露笑容。

她原本想走出盥洗室。

「啊！」

但她自己察覺不對勁，再度展現死守的態度。

咲太先不管楓，將布丁放進冰箱。即使放完再回到盥洗室，楓依然堅守入口。

「我想漱個口。」

「洗手漱口很重要！」

楓用力點頭。

「……」

「……」

但她似乎不肯開門，固若金湯，比起小田原城也毫不遜色。不對，亂說的。咲太用蠻力大概可以輕易打開。

「妳剛洗完澡，還沒穿衣服？」

「只是這樣的話，楓不會刻意關門。」

「在這種狀況反而要關門吧？」

兄妹之間也需要保持最基本的分寸。

「所以說真的，這是怎樣？」

莫名其妙過了頭，咲太將現在的心情化為言語。

真的莫名其妙。青春期的妹妹突然窩在盥洗室的日子來臨了嗎？難道只是咲太不知道，其實

還有許多「女生的祕密日」？

「楓也有各種想法喔。」

「妳是想到什麼才變成這樣的？」

和只探出頭的妹妹交談到現在也快膩了。

「哥哥不會笑楓嗎？」

「可以的話，我想帶著笑容過日子。」

「……」

「知道了，我不會笑。」

說真的，究竟是怎麼回事？咲太一頭霧水。

「請等一下。」

楓縮回頭，先關好門。

「……」

隔著門只聽得到窸窸窣窣的聲音。

門遲遲沒打開。

等待約三分鐘……咲太正打算從外面開門的時候，門終於開了。

現身的楓確實穿著衣服。

不過，是一套不熟悉的服裝。白色女用襯衫、深藍色背心與裙子。乍看只覺得格格不入，不過仔細看就發現是國中制服。搬到這座城市至今，楓還沒穿過的國中夏季制服。

全新的感覺很醒目。至今沒穿過，所以是理所當然。裙子也是標準長度，感覺特別長。

「怎……怎麼樣？」

「有衣櫃的味道。」

一直收在衣櫃裡，這也在所難免。

「只……只有這樣？」

「裙子很長，土裡土氣好像番薯。」

「番薯很好吃。」

「還有，感覺像是國中生。」

「楓……楓是貨真價實的國中生啦！」

咲太將憤慨的楓推到一旁，進入盥洗室。用香皂洗手，然後漱口。變成和香外型的麻衣住進這個家的那天，一臉正經地叮嚀：「要是傳染感冒給我，我可不會原諒你。」

為求謹慎，咲太再度漱口，順便洗把臉。

「楓也覺得差不多了。」

咲太以毛巾擦臉時，楓這麼說。

「差不多該努力了。」

「適度努力吧。」

咲太輕輕將手放在楓頭上。楓露出難為情的笑容。

契機大概是今天早上打來的電話吧。父親打的電話……

每天都覺得不能這樣下去，促使她行動的助力湊巧在今天早上來臨。

咲太認為就是這麼回事。

「最近，哥哥接連帶新的女人回家，所以楓覺得差不多得振作一點了。」

「……」

楓充滿幹勁說出完全出乎預料的理由。

「理由居然是這個？」

「這個？」

楓一臉不解地歪過腦袋。這個理由頗為另類。

「不，算了。」

事到如今，理由真的不重要。楓主動想穿國中制服是有意義的，而且她確實能夠自己穿上制服是有意義的。

咲太暗自為妹妹這個令人開心的變化感動。

「我回來了。」

此時，麻衣回家了。每次應門也很麻煩，而且咲太打工不在時不太方便，所以到最後還是將家裡的備份鑰匙交給麻衣保管。

「和香小姐，妳回來啦。」

「咦？制服？」

麻衣以和香的語氣表達驚訝之意。

「好棒，很可愛。」

接著，麻衣稱讚楓。

「哥哥說楓土裡土氣。」

「裙子得再改短一點才行。」

「原來如此！」

楓一臉正經地點頭回應麻衣的建議。應該是因為和香的外型時尚，所以說的話有說服力。

「啊，這是伴手禮。」

麻衣將便利商店的袋子交給楓。

楓看向袋內。

「啊，是有點高級的布丁！今天可以用布丁開派對了！」

「派對？」

麻衣不明就裡，表情暗藏疑問。

「哥哥也買了喔！」

楓炫耀般開心地說。

「啊，原來是這樣。」

「就是這樣！」

楓充滿活力地將布丁拿去冰箱。此時，咲太和麻衣四目相對。

「麻衣小姐，不練歌嗎？」

放學之後不用上課的日子，麻衣肯定會去ＫＴＶ。咲太認定她今天也會去。不過計算她繞路去便利商店再回家的時間，現在還太早了。

「我跟喉嚨狀況商量之後，決定今天休息。」

這當然是藉口。

麻衣肯定是擔心楓而早點回來。她買有點高級的布丁當伴手禮就是證據。

「不准笑嘻嘻的。」

麻衣以和香的語氣說完，踩了咲太一腳。她這麼做令咲太臉頰更加放鬆，嘴角也放鬆。咲太捨不得忍耐，所以依然就這樣笑嘻嘻地盡情享受這段幸福時光。

4

兩天後的星期日。這天，咲太早早吃完早餐，前往打工的連鎖餐廳。今天排的班是從早上到晚上九點，中間休息一小時。

午餐的忙碌時間，咲太到外場負責接客，到了顧客較少的下午兩點多，他回到後場準備晚餐用的餐具，得將刀叉與湯匙擦亮才行。

「學長。」

「……」

咲太感覺某人在叫他，但他不以為意地默默工作。餐具經過咲太處理之後全部亮晶晶的。

「學長，幫忙一下啦。」

「……」

「居然不理我，過分！」

原本以為是多心，不過看來必非如此。咲太沒停止手邊工作，轉身看向聲音來源。

在啤酒機前面鼓著臉頰的是古賀朋繪。看起來像是嘴裡塞滿葵瓜子的松鼠。

「古賀，什麼事啊？」

「就說了，幫我抬啤酒桶啦。」

在朋繪腳邊，一個二十公升的桶裝啤酒放在台車上。是商業用的那種銀色鐵桶。啤酒機設置在腰際高度的架子上，所以朋繪一個人搬的話別說費力，甚至挺危險的。

光是搬到台車上都很辛苦吧。

「妳明明只要說一聲，我就會搬過來的。」

「啊？學長不是說過交給我嗎？」

朋繪噘起嘴。

「我說過這種話？」

咲太不記得，但是姑且試著回憶。

「……」

呃，感覺好像說過。似乎是剛開始擦湯匙沒多久，朋繪就說「學長，啤酒沒了」，所以咲太反射性回答「交給妳了」……明明是約十分鐘前的事，咲太卻不太記得，大概是正在想事情吧。

「話說，妳真的自己搬過來？」

「抬到台車上的時候，我還以為手要斷了。」

「真血腥耶。」

「還不是學長叫我搬的！」

「這樣啊，這就抱歉了。」

「……」

咲太老實地道歉，朋繪隨即詫異地注視他的臉，眼神像是看到怪東西。換個方式來說，朋繪的眼神很失禮。

「今天的學長果然怪怪的！」

「『果然』是怎樣？」

「點單點錯，料理送錯桌，還摔了盤子不是嗎？」

「妳是我的跟蹤狂嗎？」

「學長平常完全不會出錯，所以很顯眼啦！」

接著朋繪嘀咕：「我……我又不是一直在注意學長……」再度鼓起臉頰。

「是啊，因為我是幹練的男人。」

朋繪沒反應，大概是完全左耳進右耳出吧，也沒有任何感想、意見、抱怨或不平。這就某方面來說挺令人落寞的。

「和櫻島學姊吵架了對吧？」

「妳為什麼一副開心的樣子？」

咲太捏住朋繪的兩邊臉頰用力拉。

「好痛，好痛！」

朋繪後退逃開。

「臉都被你拉長了啦！」

「話說在前面，和麻衣小姐無關。只是等一下要在休息時間跟父親見面。」

打工班表不太能改，所以咲太和父親說好利用休息的一小時見面。休息結束的時間很明確，老實說，這樣正好。

「咦？跟櫻島學姊的父親？」

「我不是說過和麻衣小姐無關嗎？是我父親。」

「啊，這樣啊。」

朋繪立刻理解，含糊帶過。應該是瞬間察覺氣氛，得知咲太的立場。朋繪知道咲太只和妹妹楓一起住，關於霸凌以及母親累倒的事，咲太也大致說過。

「學長，對不起……」

朋繪發出溫柔的聲音。

「妳為什麼要道歉？」

「因為……」

「直到剛才都是妳在生氣吧？」

「啊，對了，啤酒桶！」

「來了。」

咲太移動到啤酒機旁邊，抓住桶子其中一邊的握把，朋繪的小手接著抓住另一邊。

「學長，準備喔。」

「好。」

「三啊二～～來！」

「啊？」

「唔哇！」

自己想抬起桶子的朋繪敵不過重量而踉蹌。

「學長，拿穩啦。」

朋繪揚起視線，憤慨地瞪向咲太。

「這時候不需要虛晃一招啦！」

「不對，是因為妳剛才詠唱奇怪的咒語吧？」

「學長，你在說什麼？」

朋繪露出不明就裡的正經表情。不過咲太確實聽到了。

「就是『三啊二』什麼的。」

「是『三啊二～來！』對吧？」

朋繪以「這又怎麼了？」的視線看過來。

「所以說，那是什麼？」

「咦？」

看來朋繪也終於察覺兩人雞同鴨講。

這句話大概是「一，二，三」或「預備，起」的意思。

「呃，咦？難道在東京不會這麼說？」

「在神奈川也不會。」

在埼玉、千葉、茨城、栃木或群馬應該都不會這麼說才對。

「不會吧，為什麼？我上次和奈奈輪值打掃的時候好像說過？不，絕對說過！」

朋繪抱住頭頻頻喊著「怎麼辦，怎麼辦」。朋繪不讓學校朋友知道她來自福岡。

「妳不時會說溜嘴，我想『奈奈』也知道了。」

「這樣問題才大吧！」

「即使知道，依然尊重妳的意思幫忙保密，真是好朋友呢。」

「那我不就很可憐！嗚，明天之後我要用什麼臉上學啊……」

「用妳那張可愛的臉上學就好了吧？」

「學長，你吵死了！」

「好了啦，妳抬那邊。」

「啊，嗯。」

咲太再度抓住啤酒桶的把手。朋繪也乖乖照做。

「那麼，準備喔。三啊二～～來！」

「學長，你真的很讓人火大耶！」

這次兩人順利抬起桶子，連接到啤酒機。這麼一來，晚餐時段也能放心了。

「不過，啊～～和古賀聊天就能打起精神耶～～」

「學長，不要講得這麼假惺惺啦。滿格火！」

實際上，咲太真的多虧朋繪而打起精神。

直到休息時間，咲太得以心無旁騖好好打工，到了休息時間也沒變得浮躁。

準時在三點半打卡休息。

咲太在休息區換上便服，快步走出連鎖餐廳。

他和父親約在車站那邊的咖啡廳見面。

咲太一進入店內，就和已經就座的父親四目相對。父親微微舉手示意，同時為咲太叫女服務生過來。

咲太隔著桌子坐在父親正前方，向前來的女服務生點了冰咖啡。

「你不吃飯？」

「回打工的地方再吃。」

「這樣啊。」

服務生收走價目表之後，咲太一邊喝水一邊再度看向父親。今年四十五歲，戴眼鏡，一副技術人員的外表。明明是星期日，卻和上班日一樣穿襯衫打領帶。感覺頭髮白了不少。

「好久不見。」

「是啊。」

咲太點的冰咖啡端來了。服務生小姐謹慎地擺好杯墊，放上外型像是葡萄酒杯的玻璃杯。

這段時間，父子完全停止對話。

「請慢用。」

女服務生說完離開之後，兩人依然沒開口。

咲太以吸管喝冰咖啡，父親拿起咖啡杯飲用。

「媽呢？」

咲太等父親放下咖啡杯，簡短詢問。

「好轉了。」

「這樣啊，太好了。」

每次見到父親都會上演這段對話。父親不透露母親具體來說如何好轉，咲太也避免詳細詢問。這成為兩人之間默認的規則。

「楓怎麼樣？」

「前天我回家之後，她穿了制服。」

「……」

父親驚訝般睜大雙眼。

「雖然還很難出門……但楓應該也覺得不應該一直這樣下去。」

「這樣啊。」

「最近，她有時候也會盯著月曆看。」

九月也即將步入尾聲。第二學期開始，很快就要過一個月了。楓應該是在意這件事。

「這樣啊。」

聽到這樣的內容，絕對不會百分之百高興吧。即使如此，父親表情依然稍微變得柔和，因為他很高興聽到楓的近況。

分居兩地至今已經兩年。這段期間，咲太定期和父親見面，也見過母親好幾次。但是楓沒有，她完全沒見父母。

「……」

「……」

對話一度中斷，沒能立刻接下一個話題。兩人像要填補空白般喝咖啡。

大眼瞪小眼也沒用，所以咲太不經意眺望咖啡廳內部。

穩重成熟的氣氛，是咲太絕對不會獨自光顧的店。實際上，顧客年齡層偏高，大叔與阿姨很多。除了咲太都是大人。

最年輕的是鄰桌約二十五歲的情侶。女性留著成熟又帶點慵懶的輕柔短髮，脖子上掛著一副大耳機。比起可愛更適合形容為美麗，是英氣內斂的美女。

坐在她正對面的男性髮型與眼鏡都一絲不苟，像是「正經」兩個字穿衣服走在路上……但他實際上是坐著……衣襬確實塞進褲頭。

兩人似乎剛去水族館玩，聊到海豚秀很好看。

「接下來怎麼辦？」

男性看著時鐘如此詢問，大概是暗示還有時間吧。

「我弟……上次帶女友回爸媽家了。」

女性假裝在看價目表，提到這件事。鄰桌的咲太也知道這是在兜圈子催促男性。

「啊，呃，可是……」

「……」

「該說這還太早嗎……」

「我們明明從高中時代就開始交往啊……？」

「所以說，在拜會伯父伯母之前，我非得先跟妳說一件事……」

男性尷尬般扶正眼鏡。

「意思是……」

「我原本想另外找個地方說就是了……請和我結婚。」

「！」

耳機女性滿臉通紅地低下頭，拿價目表遮臉。

「好啊。」

但她沒停頓太久就輕聲回應。

接著，這對情侶立刻離席，結完帳離開咖啡廳。大概是相對而坐會覺得不自在吧。那樣確實會撐不住。

「……」

話說回來，咲太看到了不得了的場面。這輩子第一次體驗。

不經意看向店內時鐘，指針顯示時間是三點五十分。咲太進店裡也終於過了十五分鐘。

「那個……」

咲太看著店外來往的人潮，有些猶豫地向父親搭話。

「什麼事？」

「當爸爸是什麼感覺？」

「你……」

父親以嚴肅的眼神注視他。

「居然對別人家的千金做了那種事？」

「不，不是！我還沒做那種事！」

由於受到莫名其妙的誤會，咲太不禁失控大喊。店內的店員與其他顧客看過來一探究竟。

「交了女友嗎？」

咲太聽到父親這麼說才發覺剛剛是自掘墳墓。自己那番話聽起來意指已經有這樣的對象。

「……哎，算是吧。」

咲太不想和父母聊這種話題。他覺得好想死。

「感情穩定之後帶回家吧。你媽會很開心。」

「為什麼？」

「因為她在生下你的時候說過，她的夢想是看到兒子的女友前來拜訪。」

「真麻煩的夢想……」

咲太身為兒子，希望盡量避免這種事件。他還無法成為剛才坐在鄰桌的那位男性。

而且咲太覺得要是帶麻衣回家會引發各種問題。首先，他們會相信嗎？似乎會當成電視節目的企畫。假設願意相信，也可能會受到打擊而病倒。

不，現在不是想這種事的時候。

「我不是在問這個……」

「我知道。不過，這件事等你當爸爸之後再知道就好。」

「……我遲早也會有這一天嗎？」

咲太還沒有任何真實感。一丁點都沒有。至少咲太這輩子走到今天都沒想過自己可能為人父，甚至沒想像過。

「我坦白講一件事吧，爸媽生下你之後都手忙腳亂的。」

看著露出苦笑的父親，就覺得這番話隱含複雜的意義。

「光是換尿布就手忙腳亂，因為都是第一次經驗。」

「真要講的話，麻煩講正經一點的往事好嗎？」

咲太明明沒這個意思，臉上卻也露出苦笑。

不，然而或許就是這麼回事。即使決定要成為父母，養育孩子的這項大工程，任何人都沒有經驗。

即使長大成人，獨立賺錢，過著像樣的生活，也不代表可以輕鬆勝任沒做過的事。

育兒更不用說。或許再怎麼預先準備，依然會懷抱著不安成為父母，動不動就手忙腳亂，慢慢扮演好父母的角色。或許就這樣不知道什麼才是正確答案，只能和孩子一起慢慢成長為稱職的父母。

因為人不會那麼迅速改變。

咲太從父親的簡短話語感受到這一點。

後來，咲太簡單聊了校園生活以及生涯規劃。他告知自己姑且想考大學，父親就說「不用擔心學費問題」，咲太笑著回應「我反而擔心成績夠不夠好」。父親也笑了。

時鐘的指針緩緩前進，但休息時間依然即將結束。

「差不多該走了。」

父親說完先起身，不等咲太回應就拿起帳單前往收銀台。兩人走到店外沒多遠就道別了。

咲太目送父親朝車站遠離的背影。

「要三十年才追得上嗎？」

他如此低語。

咲太和父親道別後回到連鎖餐廳，再度換上服務生制服，好好努力打工到預定的晚上九點。從早上就排班工作，終究累積了不少疲勞。即使如此，由於可以捉弄同樣從上午開始打工的朋繪當消遣，所以當咲太說著「我先告辭了」走出餐廳時，身體異常輕盈。

天空已經變暗，不過藤澤站周邊燈火通明，搭車的人也還很多，似乎捨不得浪費所剩無幾的假日時光。

想要趕快回家的咲太從店門口踏出腳步。

「咲太。」

某人叫住了他。

前方路燈底下有個人影。站在那裡的人是麻衣，和香外表的麻衣。牛仔短褲加上開肩女用襯衫，底下條紋背心的肩帶若隱若現。腰部斜掛著一條粗皮帶，更凸顯「豐濱和香」的小蠻腰。

「麻衣小姐，妳正要回家？」

咲太聽她說今天要去神奈川的電視台上節目。她早上比咲太還早出門。

「大概十分鐘前到車站，想說你快出來了。」

換句話說，她似乎是特地來等咲太。只有今天，她來等的理由顯而易見。咲太自認表現得一如往常，不過大概是自從那通電話之後注意力集中在這次和父親約見面，並且顯露在態度上，所以麻衣一收工就來找咲太。

「打工辛苦了。」

「麻衣小姐上節目也辛苦了。」

兩人並肩朝家門前進。咲太伸手要幫麻衣拿托特包，但麻衣以「現在是和香所以不用」這個像是能夠理解又好像無法理解的理由拒絕。

「去電視台唱歌跳舞嗎？」

「不，是去上綜藝節目。」

「哪種節目？」

「攝影棚內的扮裝障礙賽。」

「那是什麼？」

「鳴槍起跑之後在路上抽籤，換上籤裡指定的服裝，然後通過平衡木跟跳箱之類的關卡，比賽誰先跑到終點。」

偶像工作也很辛苦。

「這樣好玩嗎？」

「氣氛炒得很熱喔。不過第一名被隊長拿走了。」

麻衣的表情沒說謊，看來真的很好玩。

「我沒參加過運動會，所以覺得很新奇。」

小學時代，麻衣忙著當童星，無暇參加運動會。即使行程剛好排得出空檔，聽說她在學校沒朋友，所以咲太感覺那也不會成為美好的回憶。

「麻衣小姐抽到什麼服裝？」

這是咲太最在意的事。

「兔女郎。」

「這妳已經穿慣了，換裝速度應該很快吧。」

實際上，麻衣似乎獲得了第二名，所以應該有造成正面影響吧。

「並沒有穿慣。」

麻衣伸手輕戳咲太額頭。她露出責備他惡作劇的大姊姊表情，但又立刻收斂起來，轉為無法接受的表情。

「總覺得不適應。」

「戳了別人的額頭卻講這種話？」

「以和香的身高，會覺得你個頭很高。只有這一點無論如何都習慣不了。」

長年融入自己身體的體感似乎無法輕易改掉。

「啊～～畢竟麻衣小姐很大隻呢。」

「……」

麻衣抿著的嘴角下垂，大概是不高興吧。

「畢竟麻衣小姐是高䠷美女呢。」

「得意忘形的傢伙。」

咲太改口之後，麻衣再度輕戳他的額頭，心情好多了。

「啊～～我也想欣賞麻衣小姐打扮成兔女郎的樣子呢，好久沒看了。」

「兩週後會播出，忍到那時候吧。」

「家裡不就有兔女郎裝嗎？」

「不能用和香的身體穿吧？」

「咦～～明明在節目上就穿了啊？還會播出耶。」

「那是比較不露的款式，上半身是背心。」

考量到上節目的是平均年齡十六七歲的偶像團體，或許當然要有所顧慮。實際上，要是和香的身體穿上兔女郎裝，大概會發生各種不妙的事，或許胸口一個不小心就會走光。

「不准想入非非。」

「我在想麻衣小姐啦。」

「但你的視線集中在『和香』的胸前耶。」
「對不起。」
似乎穿幫了，所以咲太老實地道歉。
「穿是可以穿，不過要等身體復原。」
「真的？」
「畢竟這陣子造成你的困擾。總之，只是穿的話沒關係。」
「啊～～不過，如果麻衣小姐願意實現我的願望，我想許別的願望。」
「我不會答應更進一步的要求喔。」
麻衣立刻出言牽制。
「只是正常的要求。」
「真的？」
「真的。」
「那我就姑且聽聽你怎麼說吧。」
麻衣完全不信任他。
「我想和麻衣小姐正常約會。」
咲太露出苦笑對麻衣說。演藝工作太忙，加上事務所發出約會禁令，咲太與麻衣完全沒有正

常情侶的約會。

麻衣以有點驚訝的表情看向咲太。

「笨蛋。」

她難為情地低語，臉頰微微泛紅，嘴角掛著窩心與高興參半的笑。

「啊，對了。」

麻衣像是想起什麼般說。

「嗯？」

麻衣無視於咲太的疑問，看向托特包，將手伸進去拿出白色的橫式信封。

「給你。」

麻衣朝咲太遞出信封。

「謝謝。」

咲太總之先收下。只要是麻衣給的東西，咲太下定決心全部收下。

「所以……這是什麼？」

咲太一邊問一邊打開信封，裡面是兩張演唱會的票。當然是「甜蜜子彈」自己的演唱會，預定在下週日舉辦。

「也給和香一張。」

「妳自己給她不就好了？」

「幫我轉告和香，我照例也有送票給她母親。」

咲太的發言完全被當成耳邊風。無論是麻衣還是和香，只要咲太催促兩人和好，她們就不把話聽進去。兩人在奇怪的地方很像。

「歌舞都練熟了嗎？」

咲太不得已，只好改變話題。

「要看嗎？」

麻衣令人意外地如此提議。

「畢竟我自己很難判定成果好不好。」

麻衣剛說完就進入路旁的公園。

她來到距離最近的路燈下面，放下托特包，從包包袋子取出手機操作了一下之後，將捲在手機上的耳機插頭拔掉。

接著，音量調小的音樂傳入耳中。麻衣順著旋律，用全身打節奏。前奏結束，夜晚公園響起麻衣的歌聲。在路燈的聚光燈之下，麻衣只為咲太一個人表演。

轉眼就唱完第一段。

「看來不太妙。」

咲太欣賞完之後，下意識地說出感想。

距離演唱會還有一週。

第四章

COMPLEX CONGRATULATION

1

「好驚人啊……」

一踏入演唱會會場，群聚粉絲的熱氣就迎面而來，使得咲太自然脫口低語。

只有站票的空間，在開演十五分鐘前就客滿。可容納人數兩百人的展演空間籠罩著引頸期盼開演的粉絲喧嚷聲。

地點是年輕人的城市——澀谷，平常完全和咲太無緣的城市。他今天來這裡欣賞一直跟他無緣的偶像演唱會。

咲太確保會場最後面靠牆的位置。

「很受歡迎嘛。」

他對來到身旁的和香說了。是麻衣外表的和香。如果旁人發現她是「櫻島麻衣」終究不太妙，所以和香壓低帽子，還戴著口罩。

「目前頂多只能填滿這麼大的空間。」

和香不太高興地回答。這裡的面積大概是兩間教室大吧，感覺和物理實驗室差不多或再小一點。不過相對的，舞台近得像是伸手可及。

這麼一來，即使站在最後面，應該也能看清楚每個偶像的臉。

「補充一下，我剛才可不是在挖苦妳喔。」

咲太是在形容這股充滿會場的期待感，不是在說人數。但咲太也不認為人少就是了……客滿果然具備魄力。

「妳的母親也在裡面嗎？」

和香之前說過母親每次都會來看演唱會。

「大概在前面。」

「真的？」

咲太沒勇氣踏入擠滿人的前方。

「大致上，我都站在面向舞台的左邊……」

換句話說就是另一邊。這似乎是她想說的意思。咲太定睛注視，但人終究太多，沒看見和香的母親。

相對的，咲太發現其他女性零星散布在人群中。正確來說是女生，年紀和咲太差不多，也有好幾個像是國中生的女生。

「沒想到也有女生啊。」

男生人數當然遠多於女生。即使如此，整體也有兩成左右是女生。

「因為有月月。」

「那是誰？」

「廣川卯月，我們的隊長。她也有當模特兒，女生大多是她的粉絲。」

「是喔……」

「她們穿藍色T恤對吧？」

正如和香所說，女粉絲約有一半穿著相同的藍T恤，脖子還掛著藍毛巾。

「所以呢？」

「看顏色就知道支持誰。」

咲太聽她說完便低下頭，並不是沮喪，而是為了確認自己的衣服。

咲太身穿黃色T恤。那是印上甜蜜子彈代表圖樣的T恤，也領到一條相同圖樣的毛巾。

設計頗為簡樸，不知情的話，看起來應該是普通的印花T恤吧。雖然這麼說，但咲太平常絕對不會穿這種顏色的T恤，所以有點抗拒。

「不穿反而顯眼喔。」

在和香的威脅之下，咲太不情不願地照做。

像這樣目睹會場的現在，咲太就知道和香沒說謊。即使顏色各有不同，聚集在會場的粉絲都穿成相同的樣子。

和香則是在薄連帽外套底下穿了一件和咲太相同的黃色T恤。

「換句話說，黃色是豐濱的代表色嗎？」

「為什麼一副不滿的樣子？咲太，你要幫姊姊加油對吧？」

「哎，是沒錯啦。」

「經歷一次之後，或許會意外著迷喔。」

「是這樣嗎？」

咲太隨便回答，再度看向粉絲群。依照顏色可以輕易辨識大家各自支持誰，相對的，這也成為團員的人氣投票，難免覺得殘酷。乍看感覺藍色最多，再來是紅色或粉紅色，黃色與綠色不相上下。換言之，和香在這裡的受歡迎程度是第三四名。

「姊姊她……」

「嗯？」

「狀況……怎麼樣？」

「妳在開演前幾分鐘問這種問題？」

距離開演不到五分鐘。

「……」

和香沒回嘴，但是映在咲太視野一角的她一臉無法接受的樣子。

「歌舞應該完全記熟了。」

咲太就這麼看著前方告知。

「畢竟是姊姊，我不是很擔心。」

「那就別問啊。」

「吵死了。」

「但我有點擔心。」

「咦？」

場中響起麥克風的尖銳回授聲，蓋過了和香的疑問。會場幾乎在同一時間關燈，只留下部分腳邊的間接照明，黑暗封鎖周圍。

即使如此，會場依然發出「喔喔！」的期待聲。

不久……

——幾件事要麻煩光臨現場的各位配合。

傳來這句沉穩的廣播。

「月月～～！」

會場接連響起歡呼聲。

看來是甜蜜子彈的成員自己廣播。「現在在廣播，請安靜！」這個聲音斥責喧嚷的粉絲，並且告知演唱會進行時的注意事項。像是禁止拍照攝影、不要過於興奮造成旁人困擾、不要丟東西等等，感覺像是和會場的粉絲聊天般告知既定原則。

大概是每次的例行公事吧，粉絲與偶像的默契莫名地好。

——那麼，接下來是最後的請求。

聽到這句話，粉絲們同時安靜不語。

寂靜籠罩會場。緊接著……

——一起HIGH翻天吧！

全體成員齊聲大喊。幾乎在同一時間，燈光打在舞台上，射出大砲般的巨大拉砲。是舞台表演用的大型彩帶砲。

從對巨大聲響感到的驚嚇回神一看，七名成員不知何時已站在什麼都看不見的漆黑舞台上。第一首歌的前奏打起輕快的節奏。

確實加入電吉他與鼓聲的搖滾風格，是甜蜜子彈歌曲常見的特徵。麻衣幾乎每天都在看演唱會影片，所以她們的歌曲，咲太也已經聽得很熟。

充分傳達女生魅力的歌聲和正統的樂團演奏重疊。歌詞內容是為追夢人加油，在樂觀的歌詞輔助之下，成為一首出色的偶像歌曲。

順著這樣的氣氛，接下來的第二、第三首也是節奏感強烈的快歌。

唱完前三首歌曲之後，氣喘吁吁的成員們在舞台上排成一列。

「晚安～～！我們是甜蜜子彈！」

七人異口同聲地說。

粉絲們接連發出「月月～～！」「小香～～！」等歡呼聲，成員各自揮手回應。

「我也喊一下比較好嗎？」

「不用喊。」

咲太詢問身旁一動也不動的和香，卻不知為何被瞪了一眼。看來她以為咲太在消遣她。但咲太只是覺得要入境隨俗……畢竟難得穿上了支持「豐濱和香」的黃色T恤。

「哎呀～～開始了耶。」

在正中央拿麥克風的是成員之中個子最高的少女。她在唱歌的時候也擔任主唱。

「那個女生是月月。」

和香打耳語告知咲太。她是甜蜜子彈的隊長，似乎也在當模特兒。修長的體型看起來確實煞有介事。

「你覺得姊姊比較可愛對吧？」

「不要拆穿別人在想什麼。」

麻衣比她還高，輪廓也更漂亮。

「話說，月月，妳流汗流得太誇張了吧？」

舞台上，站在隊長旁邊的短髮女生如此吐槽。

「偶像不會流汗！」

明顯慌張的卯月以奇怪的話語否定，看來是被指出流汗而不好意思，臉紅應該不只是唱歌跳舞的影響。

「不不不，已經很誇張了。」

事實上，廣川卯月汗如雨下，劉海緊貼在額頭上。不過其他成員也差不多，每個人的額頭都冒出汗珠。從一開始就全力以赴，是一場使出渾身解數的表演。

「月月，妳不是說過嗎？每次演唱會之後，汗流到連內褲都溼了……」

插話這麼說的是面向舞台左側的金髮少女……「豐濱和香」。不過現在的內在是麻衣。

「偶像不會穿內褲！」

卯月突然被爆料而亂了分寸，做出奇怪的回應。明明是修長的模特兒體型，表情看起來也成熟，個性卻似乎意外地冒失。

「我就會穿啦！」

假扮和香的麻衣立刻反駁，其他成員也說「我也會」、「我也一樣」接連背叛隊長。
「好……好了，下一首！」
卯月硬是打馬虎眼，想要結束這段過場。
「不對，月月得否認沒穿內褲的謠言才行吧？」
短髮女生似乎忍笑忍得很辛苦。
「我有穿，不過偶像不會流汗！」
「那麼，那是什麼？」
成員指向卯月那和額頭合而為一的劉海。
「這是……那個，來路不明的液體。」
卯月一臉正經地回答。
「要是繼續捉弄她，可能會出現再也當不了偶像的發言。」
麻衣以麥克風輕聲說完，會場眾人哄堂大笑。
「好～～下一首！」
像是副隊長的短髮女生重新主導現場。
成員們笑著調整位置，準備下一首曲子。所有人背對粉絲靜止不動。
曲子的前奏隨即響起。傳入耳中的是音色可愛的流行風格樂曲，和咲太想像的偶像歌曲一模一樣。相較於前三首搖滾有型的曲子，氣氛截然不同。

「GO！」

隨著這聲吆喝，所有成員轉身掛著笑容跳躍。

歌詞聽起來很獨特，不是追尋夢想的歌，不是歌頌友情也不是惆悵的單戀歌曲。

是依序介紹七名成員的歌曲。「裝模作樣的美女一開口就令人失望，這個人是誰？」以這句歌詞詢問會場眾人，粉絲就回以「月月～～！」的口號；「不同於花俏的裝扮，其實本性正經的人是誰？」這句歌詞得到「小香～～！」的回應，整個會場團結一致。

粉絲們配合歌詞介紹的成員，將螢光棒切換成各人對應的顏色炒熱氣氛。

看來演唱會不是單純欣賞歌舞，而是像這樣同樂的活動。

唱歌時，成員們逐一退到舞台兩側，然後接受粉絲的呼喚，換上新服裝衝上舞台……這樣的演出也非常搭配歌曲。

偶像與粉絲如此合作無間，老實說令咲太懾服。他在這裡感受到日常生活所品味不到的強大能量。

所有人的介紹在進入最後轉折前結束，她們也全部換裝完畢。最後的總結是關於偶像團體「甜蜜子彈」的歌詞。

——進軍吧，紅白，武道館！

粉絲的聲音也和歌聲重疊，氣氛如同步入尾聲般熱鬧。不過演唱會才剛開始而已。

「也有這種怪歌呢。」

「所有偶像團體都有類似主題的歌曲喔。」

和香以「連這種事都不知道？」的眼神看向咲太。看來在偶像世界有許多咲太不知道的常識。

台上正在表演下一首歌曲。所有成員拿著指揮棒，轉動指揮棒排出隊型的舞蹈動作散發出儀隊般的氣氛。

和上一首歌的表演完全不同，百看不膩。

這首歌唱到第二段副歌時，會場出現某種氣氛。粉絲們的視線逐漸集中在一名成員身上。

大多站在面向舞台左側的金髮少女；以「豐濱和香」的身分站在舞台上的麻衣。

其他成員都小心翼翼地耍著棒子，只有麻衣幾乎沒看指揮棒，朝只有站票的會場散播笑容。動作也很輕快，感覺穩定又安心，舞蹈也充滿張力。該靜止的時候就靜止，該動的時候運用全身表現歌曲意境。伸長的手腳動作溫和柔軟，也不忘展現偶像應有的可愛。

這是所有人動作一致排列陣型的舞蹈，並非只有麻衣極端搶眼。但她莫名令人在意，具備這種逐漸吸引目光的魅力。

——某些地方不一樣。

不只是咲太，粉絲們應該也有同樣的感受，所以在意麻衣，目光離不開麻衣。

在即將進入高潮副歌的段落，奠定這份突兀感的場面來臨了。

擔任主唱的廣川卯月拋接指揮棒失敗。

一瞬間的慌張使得卯月拿開嘴邊的麥克風。由於是獨唱段落，所以歌聲即將出現空白。

然而，麻衣的歌聲就像撈起落下的球，漂亮地銜接上歌詞。

成員露出驚訝表情，但歌曲才唱到一半，所以繼續帶著笑容唱歌。粉絲齊聲高呼，會場氣氛炒得更熱。

麻衣朝重整步調的隊長使眼神，將主唱工作交還給她。從一個意外誕生的漂亮助攻為演唱會會場帶來興奮與歡喜。

咲太身旁的和香本人以恍惚的表情注視台上的麻衣，口罩底下的嘴巴在動。在響亮的音樂聲中聽不到她在說什麼，但還是知道她正在喃喃低語。

「姊姊……好厲害……」

和香下意識地這麼說。至少她蘊含純粹憧憬的眼神是這麼說的。

柔和的抒情歌、搖滾歌、電子流行歌，不問類型接連表演的歌曲以及配合歌曲的各種演出，使得演唱會直到最後的最後都盛況非凡。

兩小時轉眼即逝，進入尾聲。

台上使出渾身解數的成員汗流浹背，上氣不接下氣。即使如此，她們依然笑容滿面地排成一列，和身旁的成員手牽手。

「謝謝各位！」

她們朝粉絲深深鞠躬。

一抬頭，臉上都掛著開朗的表情。心滿意足，真的舒暢無比的笑容。

「怎麼樣？」

和香簡短詢問感想。

「哎，我可以理解為何有人對偶像那麼狂熱了。」

這無疑是咲太的真心話。他不知道一場演唱會要如此拚命表演，感覺是全力以赴到燃燒殆盡的程度。

「這是怎樣？真意外。」

「哪裡意外？」

「咲太不是一直有氣無力地過生活嗎？」

這句話令咲太感到遺憾，但他也無法強烈否定。

「還以為你會認為這種努力很土。」

「要是嘲笑別人的努力，這個人就完了吧？」

「這也讓我意外。」

和香眼神露出笑意，心情似乎不錯。

「不過，既然有這種想法，找點事情做不就好了？」

「找什麼事情做？」

「像是加入社團，以全國大賽為目標之類的。這麼一來，你那張睡眼惺忪的臉也能稍微正經一點吧？」

「都已經是第二學年的第二學期了，這時候才加入社團，心臟也太大顆了吧？」

咲太打死都不想進入已經完成的社交圈，這樣只會造成困擾。何況咲太不介意掛著睡眼惺忪的臉。

「你心思沒有細膩到會在意這種事吧？」

「有啦。何況我也有在努力做某些事。」

「滿嘴謊言。」

「像是準備飯菜、打掃房間與浴廁、倒垃圾、洗衣服等各種事。」

「我又不是在說這個。」

和香投以錯愕的表情。咲太不以為意地說下去：

「什麼嘛，我沒有粉絲聲援還是每天努力做各種家事，妳卻說我不努力嗎？」

「話說，你這樣根本是媽媽吧？」

「沒錯。我就是在說全世界的媽媽都很偉大。」

「明明不是這樣吧！唉……算了。」

和香哼一聲之後轉回正前方，大概是生氣了。

舞台上，成員們正一邊揮手一邊回到舞台兩側。

結果，咲太直到最後的最後都沒和麻衣四目相對。麻衣應該有發現咲太與和香。畢竟票是麻衣給的，而且最後方靠牆的位置前面有一點點空間，所以從台上看的話，咲太與和香站的位置應該相當明顯。

即使如此，麻衣依然沒和咲太對看，因為她在扮演和香的角色，貫徹這份態度。櫻島麻衣「完全成為豐濱和香」的演技堪稱無懈可擊，完美無瑕。

只有一點例外……

就像咲太昨天所擔心的，麻衣表演得比「豐濱和香」本人還出色。

成員們完全退場之後，會場立刻開始齊呼「安可」。人數達到兩百，連聲音也具備壓力。

持續喊「安可」約一分鐘後，換上輕便T恤的成員們充滿活力地跑上台。

所有人都拿著麥克風，卻不是要唱歌的樣子。

「對不起，今天沒辦法安可！」

站在正中央的卯月斷然拒絕。這是正常的狀況嗎？會場發出「咦～～」的不滿聲音。卯月對此咧嘴一笑。

「因為～～！」

接著，成員們異口同聲朝會場這麼說。

「喔喔！」

粉絲的喧嚷聲撼動空氣。那是蘊含期待的喧嚷聲。

「今天按照甜蜜子彈的慣例！要公布下一首單曲的主唱～～！」

卯月高聲宣布之後，會場的氣氛更熱了。歡呼與掌聲的滿堂彩，此外也接連響起呼喚成員名字的聲音。

在這樣的氣氛中，一名撲克臉女性從舞台側邊現身。她身穿工作人員的外套，應該是相關人員吧。她將白色信封交給卯月，然後迅速從舞台上消失。

「既然交給我公布，不就代表我沒機會了嗎？」

卯月誇張地垂頭喪氣。

「月月，說不定出乎意料是自己公布自己喔！」

短髮女生如此鼓勵，還摸摸卯月的頭。看來她是這一團的精神支柱。

「那麼，我來公布吧～～」

振作起來的卯月重新來過。她將麥克風交給旁邊成員保管，從信封取出一張對摺的紙，在自己手心打開，先只看一眼確認。

「嗯嗯？」

她歪頭思索，接著再度偷看，裝模作樣地喊著「喔喔！」表達驚訝。

「咦～～怎樣怎樣？超恐怖的。」

「啊～～月月，快點啦！」

「『喔喔！』是什麼意思啊？」

成員們紛紛表達不安與期待。

「公布了！」

聽到卯月這麼說，所有人挺直背脊，閉上眼睛，各自求神拜佛。麻衣也將雙手交握抵在額頭祈禱。這是她之前在演唱會影片看過的和香動作。

「下一首單曲的主唱是……！」

卯月停頓片刻，大口吸氣。

「小香～～！」

這個聲音在鴉雀無聲的會場靜靜響起。

瞬間的寂靜。

成員與粉絲的反應都慢半拍。大概是第一次碰到這種事，不知道該如何反應吧。

不過，立刻就響起「喔喔！」的喧嚷聲，歡呼聲與祝福的掌聲逐漸統治會場。支持和香的粉絲高舉黃色螢光棒，粉絲們全部跟進。回神一看，黃色的光填滿了會場。

在台上，首度獲得主唱曲的「豐濱和香」被所有成員摟住道賀。

「這次大家也認同吧？因為小香今天好厲害。拋接失誤真的多虧妳的幫忙，謝謝～～」

「話說，總覺得小香最近好厲害耶。」

成員們紛紛說著「真的真的」、「厲害厲害」不斷表示同意。

慶祝一輪之後，獲選為下一首單曲主唱的「豐濱和香」述說「我會努力！」的抱負，離別的時刻如今真的來臨了。

「所以，今天謝謝各位！」

七名成員再度排成一列，深深鞠躬。布幕就這樣迅速拉下，演唱會結束。

即使如此，會場依然殘留未冷卻的熱氣。

人潮接受工作人員的引導，依序流往出口。來到大廳，長長的人龍吸引目光。是甜蜜子彈粉絲們在排隊。

「這是在等什麼？」

咲太說出疑問。

「那個。」

和香說著指向通往出口的通道。

甜蜜子彈的成員們隔著細長的桌子目送粉絲們離開，舉起單手和他們連續擊掌。

「咲太也去吧？」

「既然知道會被麻衣小姐當成外人，誰要去啊？」

無論基於什麼隱情，這依然令他悲哀，甚至不願意想像。

粉絲趁著這一瞬間的機會直接對支持的成員說話。「請加油」、「我會支持妳」或是「我喜歡妳」之類的。

咲太在粉絲的隊列中發現一個似曾相識的人。脫離甜蜜子彈粉絲年齡層的年長女性，是和香的母親。

「太好了，太好了！」

她牽著女兒的手，頻頻點頭，眼角泛著淚光。

「太好了，真的太好了。妳好努力。」

她的側臉浮現喜悅加上安心的情緒。

引導的人員上前搭話，和香的母親就對周圍的粉絲與工作人員說「對不起」道歉，朝出口離開。她的身影很快就看不見了。

相對的，和香完全停下腳步。

她目不轉睛地看著母親消失的方向僵住。

「媽媽……在笑……」

嘴脣微微動著，發出毫無情感的聲音。

「她有時候還是會笑吧？」

「……沒有。」

極其冷漠、平淡的否定。和香臉上的表情瞬間消失。

「沒在我面前露出過那種表情。」

緊握的拳頭微微顫抖。

不過，和香很快就停止顫抖，在咲太思索該說什麼的時候停止了。她全身輕輕放鬆，如同對某種事物心灰意冷。

「到頭來，就是這樣……」

從和香口中發出的嘎吱聲類似某種聲音。

「媽媽……就是這樣……」

薄薄冰膜出現龜裂的聲音。

「是姊姊……」

聲音變得更大聲。

「媽媽……果然認為姊姊比較好……」

和香決定性的這句話使得內心水面的薄冰輕易粉碎，眼神逐漸失去意志之光，自身的存在逐漸沉入內心深處的黑暗。

在演唱會結束尚未失溫的亢奮中，只有和香沉入昏暗的心底。

2

看完演唱會的回程平靜到令人覺得剛才的盛況或許是一場夢。亢奮的熱度完全冷卻，找遍身體各處都沒留下餘溫。

和香像是打從一開始就沒發生任何事，放空內心站在電車門口。光看就感覺得到她內心的枯竭。她的雙眼沒映出任何事物，真正的面無表情就是她現在這樣吧。

在擁擠的電車內保持沉默是好事，所以咲太默默尊重連看都不看他一眼的和香的態度。

結果，從澀谷到藤澤約四十五分鐘的路程，和香一句話都沒說。

「豐濱。」

到站時，咲太輕拉和香的手臂帶她下車。感覺要是扔著她不管，她會就這樣一直搭著電車，不知道會搭去哪裡。

順著人潮走出驗票閘口。

咲太自然朝著車站北側出口走。要回家的話，從看得見家電量販店的這個出口比較快。

但咲太在踏出腳步之前停住。他察覺身後和香的氣息消失了。

感到疑惑的咲太轉身一看，發現和香走向南側出口。往那裡走有一條連通道，走到底是小田急百貨公司以及江之電藤澤站。

「麻煩的傢伙……」

咲太追上蹣跚前進的和香，抓住她的手。

「家在這邊。」

咲太以眼神朝後方示意，但和香就這麼低著頭，看都不看咲太一眼。不只如此，咲太甚至懷疑她沒聽到聲音，她幾乎沒有反應。

「……我不想回去。」

和香含糊低語。沒有活力、霸氣與精神，感覺內心真的空空如也。

「……想去海邊。」

咲太看向告知下一班電車發車時間的電子告示板。旁邊的時鐘顯示現在是晚上九點出頭。雖然不算很晚，卻也不是接下來會去海邊玩的時間。

「……」

話是這麼說，但咲太也不能扔下如同行屍走肉的和香。即使強行帶她回家，她也可能擅自不知又晃到哪裡去，到時候就各方面來說都很棘手。

「知道了。只去一下喔。」

咲太放開和香的手，走向江之電藤澤站。

如果是看海，也可以在江之島站下車。海水浴的季節已經結束，不過在任何季節，只要去海邊就看得到海。從通往江之島的弁天橋眺望海景也很棒，但是咲太沒下車。

再搭兩站的鎌倉高中前站也可以清楚看見海。從車站月臺延伸的全景，是這條路線首屈一指的景色。但是咲太沒有要下車的意思。

這是沿海行駛的電車。方便前往海邊的車站，咲太還想到另外幾個選擇。即使如此，咲太與和香依然在最熟悉的七里濱站下車。

為了去峰原高中上課，每天用來搭電車的小車站。

前往海邊所需的時間約兩三分鐘。走出車站看向南方就是海。

走下平緩的坡道，在孤單矗立的便利商店前面等紅綠燈。１３４號國道的紅綠燈平常總是等很久，但今天綠燈很快就亮了。

穿越馬路，沿著正前方的階梯往下來到沙灘。

九月也只剩兩天。天一黑，氣溫就迅速下降。海邊吹起有點冷的風，令人想穿長袖衣服。

咲太一邊注意和香，一邊慢慢走向海灘邊緣。

漆黑深沉的夜晚大海。

即使沐浴在月光下，依然蘊含能吸入一切般的深邃。

咲太在浪花勉強打不到的位置停下腳步，但是跟在後方不遠處的和香腳步聲沒停止。她經過咲太身邊，不在乎身體溼掉，就這麼穿著鞋子進入海中。

「喂。」

咲太出聲呼喚，但和香沒停步。海越來越深，直到膝蓋都浸在海中。

「小姐！」

咲太終究立刻明白狀況不對勁。

和香繼續在夜晚黑暗的大海中前進。

咲太也從沙灘拔腿衝進海中，濺起水花追著和香。

「等一下！」

海浪聲蓋過他的聲音。

好不容易追上時，海面已經高達胸口。捲過來的海浪上下搖晃身體。

「豐濱！」

咲太抓住和香的肩膀阻止她。

「放手！」

和香亂動想要掙脫。

「小姐，妳在做什麼啊？」

咲太的音量自然變大，以免輸給如同從底部湧上的海浪聲。

「不用管我！」

「啊？」

「不用管我啦！」

「怎麼可以不管！」

「放手！放開我啦，笨蛋！」

「誰才是笨蛋啊？糟糕！」

眼前突然出現一塊黑色物體，察覺這是海浪時已經太遲了。無處可逃，連頭都被海浪吞噬，

視野瞬間塗抹成一片漆黑。

「噗哈！」

咲太抬頭一看，直到剛才都還在的和香消失了。她被海浪捲得失去平衡，沉入海中。

「喂！」

「咳，咳咳！」

和香連忙抬起頭，激烈地咳嗽。似乎喝到海水了。

「不……不要！夠了！」

和香拍打海面亂動。雖然筆直站著踩得到底，但剛才身體被拖進海中的恐懼造成恐慌。

「不要！不要！」

和香激起水花，掙扎著想要浮在海面。咲太從後方抱住她逐漸下沉的身體，拉到海面。

「沒事了，冷靜下來！」

「夠了！我受夠了！夠了！」

咲太用力踩著海底，朝沙灘移動。能夠依賴的是行駛在134號國道上的車輛燈光。咲太也一度被海浪打在頭頂，所以在一瞬間迷失方向，不知道哪邊是陸地。這就是夜晚大海的恐怖。

「夠了……我受夠了！放手……」

「這種事我哪做得到！」

「不要管我了啦！」

「我不是說我做不到嗎？」

「跟你這傢伙無關吧！」

「既然這樣，就不要用這種卑鄙的做法測試我！」

咲太只能拉開嗓子，以免輸給浪濤聲。

「不要用這種做法測試自己的價值！」

「？」

「不要以會得救為前提跑進海裡啦，笨蛋！」

好不容易回到海面及膝的深度。咲太也完全上氣不接下氣了。

「吵死了……吵死了！」

和香以亂糟糟的臉瞪向咲太。

「咲太你只是因為在乎姊姊的身體吧？」

「沒錯。」

咲太覺得就算否認，和香也不會相信，所以就老實承認。這也是事實。

「不准瞧不起我！」

「說起來，妳每天要我照顧妳吃飯，我們不可能毫無關係吧？」

「放手……放開我！」

咲太的雙手現在也穩穩抓住和香的雙手手腕，即使和香甩動雙手也不鬆手。不會鬆手。

「放開我啦！」

「不要。如果妳有什麼三長兩短，麻衣小姐會難過。」

「！」

和香倒抽一口氣，頓時停止動作，不再亂動。

「什麼嘛……」

她低頭呢喃……

「這是怎樣啦……」

淚珠一滴滴落入海中，混入海水。

「到最後，還不都是姊姊！大家還不是覺得姊姊比較好！沒人需要我！」

和香率直地發洩湧上心頭的情感。

「……」

瞪著咲太的雙眼看起來在拚命對抗悲傷。

「我說過麻衣不是這樣吧？要是妳出事，她絕對會難過。別讓我說第二次。」

其實和香的母親肯定也一樣。但就算現在講這個，和香應該也聽不進去。

「那是騙人的！」

「並不是。」

「她不是說過『討厭』我嗎？」

「這才是騙人的。」

嚴格來說，兩種情感肯定都是真的，複雜地混合在一起。

「那麼，證據呢？」

賭氣的和香提出這個孩子氣的問題。大概以為只要這麼講，咲太就無計可施。雖然手段幼稚，效果卻挺好的。不過對於這個問題，咲太也準備好答案了。

「知道了。我就讓妳看看吧。」

咲太隨口對和香說。

「咦？」

反倒是和香露出困惑表情。

「我說要讓妳看證據。跟我來。」

「等……等一下！」

和香似乎完全措手不及，咲太輕輕拉她，她就跟著走。

回到沙灘，先盡量將溼衣物擰乾。頭髮與身體以印著甜蜜子彈圖樣的毛巾盡量擦乾，擦完之

後走階梯來到國道。

這段時間，咲太一直牽著和香以免她跑掉。

兩人穿越通往車站的路口。此時，咲太發現一輛計程車要從便利商店停車場開出來。

他充滿活力地舉手示意，和駕駛座的大叔四目相對。咲太與和香被路燈照亮，光看一眼就知道兩人是什麼狀態吧。頭髮與衣服都還是溼的，即使如此，計程車依然停下來了。

然而，後座的自動車門毫無動靜，反倒是大叔打開駕駛座車門下車。

「不行喔，這裡禁止游泳。」

大叔不知是開玩笑還是當真地說完之後，打開後車廂拿出塑膠墊，打開鋪在後座。

「來，請上車。」

大叔如此催促咲太與和香。真是一個大好人。感覺他對應得很熟練，或許之前也載過溼透的乘客。

「謝謝。」

咲太恭敬地道謝之後，先讓和香上車，接著也坐到她身旁。

「抱歉沒有很遠……」

咲太以此做為開場白，將自家位置告訴大叔。

計程車打方向燈起步。

第一次停紅燈時……

「手。」

和香說。

「嗯？」

「不需要了吧？」

和香的視線落在兩人中間。咲太與和香的手依然相繫。

「妳想逃吧？」

「這裡是車上。」

「突然就衝進海裡的傢伙無法信賴。」

「這是怎樣？」

和香即使口出不滿，依然沒甩掉咲太的手。咲太只是輕輕握住，她如果想掙脫肯定隨時都能掙脫。

和香默默看著車外一陣子。

「很溫暖。」

她忽然這麼說。

「我的手？」

「海水啦，笨蛋。」

氣溫完全轉變成秋天的氣息。相較之下，海水確實給人溫度偏高的印象。咲太知道原因，他之前問過理央。

「水的比熱比空氣高喔。」

「啊？」

「我在說海。」

咲太看著車外景色如此補充。

「記得『比熱』是每公克上升一度所需要的熱量？」

「妳居然知道這種事耶。」

「是你先說的。」

「哎，也是啦。」

總歸來說，水比空氣不容易變熱，同時也不容易變冷。不同於每天溫差大的空氣，海水是花時間慢慢加熱，然後慢慢冷卻。夏季受到陽光照射而提升溫度的海水，大約到十一月才會真正變成秋季應有的溫度。實際上，衝浪之類的水上活動直到十月都還很盛行。

後來，兩人毫無交談，計程車就抵達公寓前面。

咲太再度向司機大叔道謝，以潮溼的鈔票付錢。

下車之後，咲太帶著和香前往麻衣住處，以保管的鑰匙打開公共玄關的電子鎖。

以前咲太每次都按門鈴，所以這是第一次使用。

兩人搭電梯到九樓。家門也是咲太拿鑰匙開啟。

咲太先只脫下溼掉的襪子，進入屋內。和香也同樣只脫下黑褲襪。

咲太直接走向幾乎沒在使用的和室。和客廳相鄰，以一扇拉門隔開。

他帶和香來到孤單地擺在和室深處的櫥櫃前面，以眼神催促和香打開。

「什麼？」

「妳先照做。」

「……」

看起來平凡無奇的櫥櫃。

和香戰戰兢兢地拉開抽屜。

裡面收藏了一個黃色的零食罐。

「……」

和香再度投以疑問，這次只用視線詢問：「什麼？」

「打開就知道了。」

「好煩。」

和香一邊抱怨一邊伸手取出鴿子餅罐，放在榻榻米上，打開有點緊的蓋子。

「……咦？」

接著，她目瞪口呆。

罐裡裝滿許多信封。五顏六色的信封，整體來說大多是孩子氣的花色。

「……」

和香不發一語，逐一檢視這疊信。

收件人都是「櫻島麻衣小姐」。放在上層的信封是以工整漢字寫上收件人，但是越下面的信封，文字就越稚嫩，最下面的信是以笨拙的筆跡寫下「櫻島麻衣小姐」的平假名。

「這是……我寫的信……」

信封背面以相同筆跡署名「豐濱和香」。

不知道究竟有幾封。乍看應該也有五十封以上，或許超過一百封。

「為什麼……這種事……」

和香嘴脣發抖。

「莫名其妙……」

咲太認為即使和香嘴裡這麼說，她其實也早就知道，所以她的眼角才會噙淚。

「莫名……其妙……」

和香再度低語。

同時，玄關傳來小小的聲音。開門的細微聲響。門上了鎖，所以既然咲太與和香在這裡，只有一個人進得來。

和香似乎沒察覺。

「為什麼……為什麼……」

她如同夢囈般反覆說著。內心的疑問把她耍得團團轉。

「應該是因為覺得很開心吧。」

咲太也拿起一封信，以平假名署名的信。

「為什麼……」

和香的眼神像是在尋求依靠。

「當時我也是小鬼，所以記得不是很清楚……不過麻衣小姐在童星時代就紅得不得了。」

麻衣現在也很紅，但她以童星身分走紅的當時形成一股熱潮，所有電視節目都在搶她。

不只是拍連續劇或電影，也拍了許多廣告，上了許多綜藝節目。大人之中總是只混入一個小女生的光景，咲太也隱約記得。

「在那種令人眼花撩亂的狀況，應該需要一些鼓勵自己的東西吧？」

「……」

「妳站在演唱會台上接受粉絲聲援的時候，難道不覺得開心嗎？」
「那還用說，當然超開心的。」
「這也一樣吧？有人願意喜歡自己是一件非常開心的事。」
咲太打開的這封信塞滿了和香兒時的心意，洋溢著她對姊姊麻衣的憧憬。從麻衣演出的連續劇感想、節目空檔播放的廣告、街上看見的電影宣傳海報到綜藝節目的單元，和香的信裡是這麼寫的。
——不論在哪裡，姊姊都好帥氣。是我引以為傲的姊姊。
語句稚嫩，但也因此信件傳達出純真的心意。
「居然覺得這不會成為鼓勵，妳以為麻衣小姐的個性多差啊？」
「因為……我……！」
和香拚命想否定咲太這番話。她本人肯定不知道自己為何要否定吧。
即使如此，情感是很老實的，和香雙眼噙滿淚水。
「我不是真正的妹妹！」
一度忍住的淚水沿著臉頰滑落。
「這是怎樣？」
「你這傢伙不懂啦！我寫信的那時候，像是爸爸再婚、我和姊姊是同父異母，我不知道這些代表什麼意思……」

「當時還是個小鬼，這也在所難免吧？」

「所以，當我知道之後就一直覺得很不安……想到可能給姊姊添了麻煩，我就再也不敢寫信給姊姊了！」

和香哭成淚人兒，身體微微發抖。

「不敢寫……」

用力咬著嘴唇，想要壓制迸發的情感。

顫抖終於平息。

「……」

和香似乎在說話，但是聲音太小，咲太聽不到。

「嗯？」

「氣死我了……」

這次勉強聽到了。

「妳在說麻衣小姐？」

「我在說你這傢伙。」

和香擦著淚水，狠狠瞪過來。

「這是怎樣？」
「為什麼你比較懂姊姊？」
「當然是因為我超喜歡麻衣小姐啊。」
「這麼說的話，我也……」
「……」
「我也……」
然而，她沒有說下去。
「比起『超討厭』，這句更好說出口吧？」
「吵……吵死了！」
「麻衣小姐也這麼認為吧？」
咲太朝駐足在客廳的氣息詢問。
「咦？」
沒察覺的和香驚慌地抬頭。
「你是因為沒節操才會這麼認為吧？」
麻衣一臉死心地從拉門後方現身。她的雙眼看向和香，只在一瞬間瞥向和香手中的信。
「不可以擅自看別人的寶物。」

「為什麼……姊姊……」

和香一邊啜泣一邊詢問。

麻衣靜靜跨過門檻，踏入和室。

「好懷念……」

注視著那疊信的麻衣臉上掛著柔和的表情。

「那時候……我只記得自己頭昏眼花。聽母親的話加入劇團，以晨間連續劇為契機爆紅……真的是忙得頭昏眼花。」

麻衣靜靜述說。

「從攝影棚趕到另一個攝影棚，回家只有睡覺……回不了家的日子還住旅館，甚至沒空看自己演出的節目。」

咲太聽麻衣說她小學時代也經常為了工作請假，因此幾乎沒交到朋友就畢業了。

麻衣拿起從餅乾罐取出的那疊信翻閱。

「所以，我甚至不知道自己多麼常上電視。不知不覺，世上的人們都認識我，我也曾經覺得這樣不好受。大概是因為這樣，所以某段時期，我每天都過得覺得像是在看一面模糊的鏡子。雖然許多人稱讚我演出的作品，不過這個人是誰啊……那時候我滿腦子都在想這種事。」

麻衣回憶當年，輕聲一笑。

「……」

和香以泫然欲泣的表情看著麻衣。

「在這樣的演藝生活中，只有和香不一樣。知道妳是我妹妹的時候，老實說，我不知所措……不過我每次完成工作，妳都會寫信給我，對我說『姊姊好帥』、『姊姊好厲害』……我每次都覺得『我好帥』而得到勇氣，覺得既然和香會開心，我就要繼續努力。」

「我……我……」

「多虧妳，我才愛上工作。」

麻衣停頓了一下，重新面向和香。

「所以，和香……」

「……」

「謝謝妳。」

「！」

「謝謝妳成為我的妹妹。」

「姊姊……」

和香感慨至極，淚水再度奪眶而出。

「……奸詐。太奸詐了啦，姊姊！」

和香甚至沒擦眼淚，逕自宣洩情緒。

「事到如今講這種話也來不及了！」

「……」

「我明明也想努力！為什麼姊姊比我先得到主唱曲了？為什麼姊姊得到媽媽的誇獎？我沒辦法相信！」

「因為我練習過啊。」

麻衣隨口回答。

「我每天腳踏實地練習。」

還多加這一句。

「就是這種地方啦！非做不可的事或是再怎麼痛苦也得堅持下去的事，姊姊每天都確實做好……是做不到的人不對，我超討厭這種帥氣的地方！」

和香剛說完，室內就響起清脆的聲音。

麻衣狠狠賞了一個耳光。

「好痛……」

不過，她賞耳光的對象是咲太……帶著熱度的痛楚逐漸變得確實。

「為什麼是打我？」

咲太投以理所當然的疑問，和香也一臉受驚害怕的表情注視麻衣。

「對不起。感覺妳這麼講很天真，我一氣之下就……」

麻衣平淡地回答。

「既然這樣，妳打錯人了吧？」

使得麻衣不耐煩的對象應該是和香。

「明天要幫時尚雜誌拍照對吧？要是留下痕跡怎麼辦？」

「在這種想法運作的時間點，妳就完全不是『一氣之下』了吧？」

「所以我不是道歉了嗎？」

不知為何，反倒是麻衣不滿。

「這麼做是為了我，所以這種程度就忍著點吧。」

「我會忍，下次請好好讓我撒嬌喔。」

咲太撫摸臉頰提出要求。

「是是是。」

臉頰依然灼熱刺痛。要是沒得到相應的獎賞就不划算了。

「包含這種地方在內……專業意識太高，而且正常表現就是這樣，那我根本無從努力吧？根本……無從努力吧……」

和香腿軟而癱坐下來。

「我說啊，以麻衣小姐的狀況，她是只能這麼做喔。」

咲太感受到麻衣「別無謂插嘴」的視線，卻假裝沒察覺。

「這只是麻衣小姐一種笨拙的表現，別在意。」

「等一下，咲太。」

麻衣語氣有點嚴厲，像是在責備他。咲太也無視於她這句話，繼續對和香說：

「這個人可以面不改色地扔下剛交往的男友耶。而且因為這樣，我暑假哪裡都去不了。」

「什……什麼嘛，咲太……」

麻衣的聲音有點慌張。

「因為麻衣小姐只是個工作狂。」

「原來你覺得我是這種人？」

「因為，她完全冷落第一次交女友而樂不可支的男友耶。一般人做不到這種事的。」

這次咲太直接向麻衣表達不滿。

「這次……畢竟有和香的問題……」

「不不不，我說的是從以前到現在的一切。」

「……原來你不支持我的工作啊？」

麻衣露出賭氣的表情。

「這是有極限的。」

「這……這或許沒錯，可是……」

麻衣難得因咲太的指摘而讓步。看來這一點她姑且有自覺。

「話說，現在在講豐濱的事，可以讓她等下去嗎？」

和香一臉錯愕地看著咲太與麻衣的這段互動。

不過……

「噗！」

她立刻像是覺得好笑般笑出聲。

「姊姊確實完全不算完美吧。」

和香這麼說的時候，視線在咲太與麻衣之間來回兩次。

「因為……挑男生的品味很差。」

和香逕自笑了。咲太期待麻衣反駁，但麻衣對此一句話都不說。

她只在停頓片刻之後以平靜的聲音呼喚和香。

「和香。」

「……」

和香一臉緊張地仰望麻衣，嘴巴緊閉成一條線，表情沒有剛才的笑容。和香以嚴肅的視線看向麻衣。

麻衣溫柔地承受這道視線。

「妳差不多該脫離母親了。」

麻衣以斥責般的語氣對和香說。

「……咦？」

和香喉頭微微發出聲音。

看她的表情，似乎不知道麻衣為何這麼說。

「演唱會結束之後……妳看到妳母親在擊掌的隊列中吧？」

「唔！所以說，我……！」

大概是那一瞬間的情感復甦，和香的聲音再度激動起來。

「當時，手在發抖喔。」

相較之下，麻衣態度溫和。

「妳母親握住我的手時，手在發抖。」

麻衣以雙手抓住和香的手，包覆在手心。

「我想她一直很不安。」

「不安……」

看來和香還沒聽懂麻衣想表達的意思。

「包括讓妳進入演藝圈，參加偶像徵選，以及在更早之前的劇團時代讓妳出道，她都一直很不安。」

「為什麼……」

「因為她沒自信這麼做能成為妳的幸福。」

「我的……幸福？」

「不懂嗎？」

麻衣的聲音很溫柔。

「……」

低著頭的和香搖了搖頭，但她似乎不是完全不懂。有時候會因為一知半解而答不出來。

「她看著妳努力想回應她的期待，肯定一直擔心妳自己是否真的幸福。」

「！可是！我哪會知道這種事！」

和香反射性地否定，想保護心中即將瓦解的價值觀。手上的信封散落在榻榻米上，和香甚至沒能撿起來，抱著自己喊著「哪會知道，哪會知道」。

「她什麼都沒跟我說！」

「這種話，在孩子面前當然說不出口吧？」

咲太小心翼翼地將散落的信一一撿起來。這是麻衣重要的寶物。

「養育小孩居然感到不安，父母不可能在孩子面前說出這種話。」

咲太前幾天見父親的時候隱約察覺到這一點。

「我覺得無妨就是了。想要回應他人的期待應該也是一種生活方式。」

這種做法本身不是壞事。如果是自己選擇這條路就無妨，只要父母沒有硬塞責任就好。

「不……不對！」

和香再度出言否定，想要拚命保護某種東西。

「我是……自願……！」

「……」

「是自願……」

然而，和香在最後經由自己的話察覺了。她的聲音變小，突然失去氣勢。

「因為……我……我……看媽媽老是在生氣，所以希望她可以開心啊！媽媽老是在說姊姊的事，所以我也希望被誇獎啊！希望媽媽露出笑容啊！」

內心擠出的心意隨著豆大淚珠一起滿溢而出。這是和香終於尋得的真心話。

「所以，今後就以妳自己的選擇讓她開心吧。」

「……」

「不是依照媽媽的吩咐做。」

「嗯……嗯……嗚……」

和香發出小孩般的嗚咽聲啜泣。麻衣輕輕將她摟過來，溫柔撫摸她的背。

「……對不起。媽媽，對不起……」

和香就這樣一直在麻衣懷裡哭泣。

「姊姊……」

嗚咽終於停止時，她抬頭說。

「什麼事？」

「我不用變得像姊姊這樣也可以吧？」

這是和香的母親對和香的期望。

「如果妳想變成像我這樣，那也無妨。」

「我不想。」

和香搶話般立刻回答。麻衣表情瞬間僵住，和香似乎沒察覺。但麻衣立刻溫柔一笑。這是沒能成為妹妹的目標，覺得遺憾而略顯落寞的笑容，也是樂見妹妹表達自己意願的姊姊的笑容。

在咲太看著姊妹這段交流的時候，這件事唐突地發生了。

發生在咲太眨眼的一瞬間。

「咦？」

零點幾秒的黑暗重現光明之後，眼前的光景變了。

「呃……咦？」

「咦？怎麼了？」

麻衣與和香都不知所措。發生異狀的正是她們兩人，所以當然會感到困惑。

兩人的身體對調。不對，不是這樣。是這樣卻又不是這樣。「麻衣」與「和香」的位置在咲太眨眼之後對調，直到剛才都是「豐濱和香」的身體緊抱「櫻島麻衣」的身體，現在卻是麻衣緊抱著和香。

而且說來複雜，衣服維持原狀。「櫻島麻衣」的身體穿著和香的衣服，「豐濱和香」的身體穿著剛才參加演唱會的衣服，只有身體漂亮地對調了。

「復原了？」

「是……嗎？」

麻衣與和香頻頻觸摸彼此的身體，接著兩人起身跑向盥洗室，照著鏡子大喊「復原了！」、「恢復了！」開心不已。

晚一步來到客廳的咲太鬆了口氣。看來終於擺脫身體對調的思春期症候群了。

究竟發生什麼事，改天在學校問理央吧。咲太雖然目睹對調的瞬間，卻完全不明就裡。老實說，咲太已經累了，所以懶得思考。

「呵啊～～」

咲太打了一個大呵欠。旁邊傳來手機震動聲，聲音來自和香攜帶的麻衣包包內袋。換句話說，是麻衣的手機響了。

瞥見的手機畫面顯示「涼子小姐」。是麻衣經紀人的名字。

「麻衣小姐，電話響了。」

咲太將手機遞給從盥洗室出來的麻衣。麻衣立刻接聽。

「辛苦了，涼子小姐。是明天的行程嗎？」

隔了一個月看到麻衣以原本的麻衣身分行動，總覺得很懷念，而且給人的感覺果然不同於和香飾演的麻衣。充滿自信，洋溢於全身。

「咦？等等！真的嗎？啊，是。那個，對不起，造成您的困擾……是。」

麻衣難得做出慌張反應。一臉嚴肅的她散發出某種緊張的氣息。她說「造成困擾」是怎麼回事？發生了什麼事？

遲一步走出盥洗室的和香也擔心地看向麻衣，似乎很在意是否是自己犯錯。

「好的，那就麻煩您了。我掛電話了。」

麻衣客氣地問候之後結束通話，就這麼滑起手機，即使咲太從旁邊偷看也沒抱怨。

搜尋的關鍵字是「櫻島麻衣　戀人」。

讀取圖檔的時候，和香也從另一邊看畫面。

在畫面切換的瞬間……

「呃！」

「啊……」

「咦？」

三人的三種聲音重合在一起。

顯示在畫面上的是照片。咲太和麻衣並肩行走的照片，不只一張，總共四張。拍攝地點各有不同，在車站月臺、回家路上與沙灘等處拍攝的照片並排在一起。

因為是當事人，所以知道那都是最近拍的照片。換句話說，是麻衣與和香身體對調的期間拍攝的。

「事務所已經接詢問電話接到手軟了。」

麻衣和剛才接電話的時候不同，非常鎮靜。不知道是不是多心，她看起來反而像是有點愉快。或許她認為說不定可以透過這個機會解除約會禁令。

「姊……姊姊，對不起……」

反倒是和香認為事態嚴重而沮喪。
「怎麼辦？我該怎麼做？」
「和香，妳什麼都不用做。」
「可是……」
「這種事沒問題的。」
麻衣說完，輕輕將手放在和香頭上。
「交給姊姊處理吧。」
「……唔，嗯。」
「咲太的話……那個，對不起。」
麻衣愧疚地看著下方。
「我想在風波平息之前，應該會給你添很大的麻煩。」
「相對的，我會請麻衣小姐為我實現很多願望，所以沒關係。」
「知道了。結束之後就進行你期待已久的約會吧。」
如此說定的麻衣看起來真的很開心。

3

「本次驚動各位了。」

電視畫面上，麻衣以有點害羞的表情說出第一句話。

現在播放的是「櫻島麻衣」復出演藝圈之後，首部主演電影的開拍記者會現場。

演員與製作人排成兩列，以高腳凳圍坐在蓄鬍的導演身邊。從資深到資淺，總共有十幾個人齊聚一堂。

即使如此，畫面上依然只映出麻衣。

現在剛好是學校午休時間。

咲太以物理實驗室的電視觀看麻衣的記者會。關於這次的事件，咲太也並非毫無關係，應該說他是當事人之一。

即使轉台，午間的資訊節目也都在實況轉播這場開拍記者會。

舉手得到發言權的記者接連發問。問題和電影內容無關，是以網路上傳的圖片為開端，在週刊上市之後廣為人知的「櫻島麻衣」緋聞。

每個記者提出的問題都只針對這一點。

這是麻衣的第一個緋聞，在人氣與知名度的輔助之下，極度引人注目。這幾天的娛樂新聞都

聚焦在麻衣的緋聞上。

住家公寓前面，攝影機與記者也蜂擁而至，連咲太都得避人耳目過生活。麻衣甚至沒辦法上學，到事務所準備的旅館避難。

這是麻衣在交往消息曝光之後第一次出現在鏡頭前。光是稍微映在畫面上的範圍，就看得到多不可數的攝影機鎖定麻衣，不放過細微的表情變化。

依照資訊節目主持人的說法，似乎還有許多記者進不了記者會現場。

在這樣的狀況下，麻衣回應眾人關切的問題。

「你們真的在交往嗎？」

「是的，這是事實。」

麻衣即使有點不好意思，依然坦承真相。

「對方是怎麼樣的人？」

「沒神經的男生。」

麻衣一邊打趣地說一邊露出笑容。但是這份從容沒持續太久。

「從什麼時候開始交往的？」

「我想……大概是三個月前。」

「是如何開始交往的？」

「他當著全校學生的面向我表白……那個，雖然我一度保留，但是接下來的一個月，他每天都對我表白……我就屈服在他的毅力之下了。」

第三個問題，麻衣回答得有點支支吾吾，到了第四個問題就以害羞的表情慎選言辭。

隔著畫面都知道她在臉紅。

似乎也不知道視線該擺在哪裡。

「麻衣小姐，您的臉好像很紅？」

接下來發問的女記者有點打趣地指出。

「因為我在這麼多攝影機前面聊第一次交的男友……當然會不好意思啊。」

麻衣噘嘴以稚嫩表情提出可愛的反駁，接著說著「好熱好熱」為臉蛋搧風。

「您剛才提到『第一次』，所以您沒有和男性交往過嗎？」

麻衣一瞬間露出驚覺不對的表情，但依然立刻賭氣似的回答記者。

「自從國中時期，週刊雜誌似乎就刊登我的各種八卦……但我記得這次是第一次提供明確的話題給各位。」

她逞強地出言挖苦，拚命壓抑害羞的心情。應該不是作戲，是真的在害羞吧。

證據就是聚集在現場的大人們都會心一笑。

「櫻島麻衣」平常擁有非常成熟的氣息，而且真摯面對工作，得到合作演員與現場工作人員

的全盤信賴。不過「櫻島麻衣」還是高中生，是會正常談戀愛的女生。眾人似乎後知後覺地想起這件事，記者會現場出現這樣的氣氛。

麻衣從童星時代就在螢幕上大方飾演自己的角色。對於只知道麻衣這一面的人來說，這應該是一幅非常新奇的光景。

而且面對「櫻島麻衣」，明顯顯得恭敬拘謹的記者們，看到麻衣這種羞澀的模樣，態度也變得柔和。現場洋溢放鬆的氛圍。

自然而然地，從正面意義來說，記者的提問也逐漸變得無聊。

「麻衣小姐怎麼稱呼男友？」

「直接叫他的名字……」

聲音稍微變小，含糊的語尾也透露出害羞心情。

「直接叫名字？」

「是的……咦？很……很奇怪嗎？」

麻衣在意周圍的反應，或許是擔心這樣並非常態。主持的女播報員回答「不，沒有任何奇怪的地方」，她才終於露出安心的表情。

後來記者們也接連發問，像是「請說說您對他的第一印象」、「如果以動物舉例，他是怎樣的男友？」或是「有沒有什麼印象深刻的回憶」等等。這股風暴沒有要平息的徵兆，反倒是越演越烈，主持的女播報員眼神看來也逐漸變得為難。這是當然的，畢竟這場記者會始終是為了宣布新電影開拍。

「那個，方便我說幾句話嗎？」

麻衣又答完一個問題之後，主動向主持的女播報員提出要求。

「好的，麻衣小姐，請說。」

麻衣拿著麥克風起身，首先對於這次驚動眾人再度向導演與合作演員鄭重道歉。

「剛才製作人很高興地說，這樣可以省去宣傳的工夫，所以沒問題喔。」

蓄鬍導演以這句黑色幽默接受麻衣道歉。

「導……導演，不是說過絕對不能告訴麻衣嗎？」

導演的爆料使得穿西裝的男性真的慌了。

「在電視業界，『絕對不能說』就是『絕對要說』吧？」

參與演出的諧星哈哈大笑。

「記者會結束之後，我要和製作人談一談。」

麻衣以笑容施壓，記者會現場隨即哄堂大笑。導演、合作演員及參與的記者們也都笑了，只有製作人冷汗直流。

笑聲平息之後，麻衣朝著許多攝影機開口。

「是他給了我重回演藝圈的契機。他自己應該認為沒這回事，但我認為要是沒認識他，也就沒機會像這樣再度站在鏡頭前面。」

語氣柔和，如同在懷念幾個月前的邂逅。但臉蛋一直紅通通的，看來在鏡頭前面聊咲太果然令她不好意思。

「這次的事件也在他身邊造成不小的騷動……我現在擔心他會不會甩掉我。」

記者席一角發出笑聲，大概以為是玩笑話吧。

「一半是開玩笑，不過另一半是真的喔。」

麻衣故意裝出生氣的表情警告發笑的記者，這個舉止再度引發笑聲。場中真的籠罩著溫馨的氣氛。

「如各位所知，他是和演藝圈無關的普通男生。我不在乎自己的隱私被公開，不過可以請各位別把他的照片刊登在週刊雜誌，或是散播到網路上嗎？」

週刊雜誌的照片當然有打上馬賽克，但是內行人一看就知道人物與地點。

比較嚴重的是網路，完全不受法律約束的地帶。照片恐怕不是專業的娛樂記者，而是普通人半打趣地上傳的，當然沒經過馬賽克之類的處理，就這麼原封不動上傳擴散。

幸好照片幾乎都是遠距離拍攝，目前還沒看到哪張照片清楚得可以正確辨識咲太的臉。雖然這麼說，說不定今天又會出現新的照片，令人捏一把冷汗。要是出現這種照片，咲太將會一下子就出名了。

「要是他真的以這次的事件為理由甩掉我，今後就沒辦法向各位報告交往是否順利，所以請大家多多協助。」

一瞬間差點變得嚴肅的氣氛在最後以調皮的笑容和緩。非常漂亮的收場手法，不愧是藝齡超過十年的實力派。

「這個國家沒有擅自拍別人照片上傳到網路的無恥傢伙，所以應該沒問題吧。」

蓄鬍導演自言自語般補充，暗指今後繼續在網路上傳咲太與麻衣照片的人不是好東西。

畫面下方依序播放觀眾以社群軟體加上節目標籤的留言。

——導演講得好，我會去看電影！

——一點都沒錯。想到自己被偷拍上傳就全身發毛。

——哎，不過和櫻島麻衣交往超令人羨慕。

——說真的，這個國家的道德跑去哪裡了？

——話說，這是怎樣？今天的櫻島麻衣超可愛！

觀眾紛紛提出這樣的意見，使用該標籤留言的次數也不斷上升。

這麼一來，場中記者也不方便繼續提問。說起來，想問的問題也幾乎問完了。

即使主持的女播報員催促，也只有一個人舉手。

是咲太認識的人，曾經當面見過，也交談過。也是咲太正在收看的這個電視台的女播報員，南条文香。

「如果有話要對男友說，可以請您在這裡說嗎？」

文香以麥克風說出這番話。不是詢問，真的是請求。麻衣以惡作劇般的笑容接受。

「我要直接對他說。」

麻衣像是覺得自己的這句話很令人難為情般笑了。是有點害羞又非常幸福，令人印象深刻的表情。

接下來，終於進入電影製作發表記者會的程序。看來不會再提到麻衣的緋聞了，所以咲太以遙控器關掉電視。

「不愧是櫻島學姊呢。」

默默一起看電視的理央說出這個感想。

「真的，我越來越喜歡她了。」

「這種話去當著她本人的面講吧。」

「我常講啊。」

「……櫻島學姊怎麼回應？」

「她說『是是是』隨口帶過。」

「……」

「麻衣小姐是在害羞啦。」

「你真是不屈不撓耶。」

明明是自己問的問題，理央卻已經失去興趣。不對，她大概一開始就沒興趣吧。理央點燃酒精燈，燒杯的水開始加熱。看來是要泡咖啡。

「這麼說來，到最後，妳認為這究竟是怎麼回事？」

「什麼事？」

「兩人身體對調的原因。」

「來，這個。」

理央從桌上遞出一本書，書名是《猩猩也看得懂的量子力學》。

總之，咲太先打開第一頁。上面列出看不懂的方程式。

「猩猩好聰明。」

如果哪本書是在說明住在森林裡的牠們多麼聰明，咲太真想拜讀。

「說起來，正確來說並不是身體對調吧？」

理央朝著剛泡好的即溶咖啡吹氣冷卻。

「哎，確實是這樣。」

兩人復原的時候，之前變成「豐濱和香」外表的麻衣回復為原本的樣子，變成「櫻島麻衣」外表的和香也回復為和香。這是短短零點幾秒發生的事，一眨眼的瞬間就變成這樣。

「對調的是外表，對吧？」

「對。」

「所以呢？」

「大概是妹妹『想變成姊姊那樣』、『非得變成那樣』的意志，將她自己的外表變成了『櫻島麻衣』吧。」

「居然說『大概』……這是什麼道理？」

「以原理來說，當成量子隱形傳態的一種形式應該是妥當的解釋。」

大概是溫度變得適中，理央將馬克杯拿到嘴邊。明明是即溶咖啡卻好香。

「麻煩說明一下。」

「關於量子隱形傳態，我之前說明過吧？」

「嗯。」

那是暑假時的事。理央被思春期症候群折磨時聽到的說明。

沒記錯的話，那是利用量子的神奇性質——「量子纏結」造成的現象。記得是塑造理央的量子設計圖和另一個地點的量子同步，因而共享情報，然後在該處觀測理央，達到瞬間移動的效果。理央當時是這麼說明的。

不過聽起來過於科幻，一點都不真實……

「換句話說，我認為櫻島學姊的妹妹只將櫻島學姊身體的設計圖占為己有，並且由自己觀測，藉以得到櫻島學姊的身體。」

「……」

「我不會要求你接受。老實說，我也無法相信。」

理央不在乎咲太的意見，滿意地喝著咖啡。

「呃，可是，這個假設有個很大的漏洞吧？」

「你是說櫻島學姊？」

看來理央早就預料到咲太會這麼問。

「沒錯。為什麼連麻衣小姐都變成豐濱的外表？」

「大概是如果沒這麼做，會違反世界的邏輯吧。」

「啊？」

「如果只有妹妹改變外表，這個世界會有兩個『櫻島麻衣』。原本應該只有一個才對。」

「所以？」

「所以，為了確保整合性，櫻島學姊就變成了妹妹的外表。」

「在暑假變成兩個人的妳居然講這種話？」

「我那個時候符合邏輯喔。」

「是嗎？」

「說起來，你不曾同時看見兩個我吧？」

「是啊。」

頂多就是其中一人在眼前，同時打電話給另一人。正如理央所說，沒看過兩人站在一起。

「在物理世界，守恆定律是基礎觀念之一。一邊增加，另一邊就會減少；一邊減少，另一邊就會增加。考量到世界是以這種定律運作，我覺得妹妹變成櫻島學姊的外表時，櫻島學姊只能變成妹妹的外表。」

「……」

「如果這樣你還無法接受，那就當作是櫻島學姊內心某處也很羨慕妹妹，這樣就行吧？」

「這樣解釋，我還比較可以認同。」

雖然不是完全接受，但是繼續聽理央說量子理論也還是聽不懂，所以就此當成自己已經理解了應該比較好。

咲太將《猩猩也看得懂的量子力學》還給理央。在這同時，預備鈴聲響了。午休時間再五分鐘就要結束，開始進行下午的課程。

「沒辦法啦，回教室吧。」

咲太從椅子起身。

「梓川。」

理央立刻叫住他。

「嗯？」

「你說過今天放學要約會對吧？」

「對。」

製作發表記者會結束之後，咲太和麻衣約好放學後在鎌倉車站見面。這樣怎麼了嗎？

「我想你在那之前就會察覺……不過把褲子拉鍊拉好再去吧？」

咲太聽到這句提醒之後低頭一看，發現石門水庫處於全開狀態。

「告知這種事的異性朋友是最寶貴的資產呢。」

理央沒看他，難為情地看著其他方向。大概是不想和男生聊下體話題吧。

「笨蛋，快走吧。」

咲太拉上拉鍊，離開物理實驗室。

這天放學後，咲太搭乘和平常回家方向相反的電車。

不是開往藤澤，是開往鎌倉的電車。

目的地是終點鎌倉站。從七里濱站要經過稻村崎、極樂寺、長谷、由比濱、和田塚五站，大約十五分鐘。

只有這一天，這十五分鐘感覺特別漫長。大概是因為接下來要約會吧。

感覺電車我行我素地行駛的速度比平常更慢，咲太甚至懷疑停靠的站變多了。不過這當然是不可能的事……

即將抵達和田塚站的時候，咲太甚至妄想從這裡下車用跑的比較快。

電車不受咲太這份心情影響，準時抵達鎌倉站。

咲太等在車門前面，率先下車到月臺，快步經過禮品店，走出驗票閘口。

會合地點是車站西側出口。走出驗票閘口的右手邊，舊車站鐘樓所在的廣場。雖說是廣場但面積不大，如果要跟人會合，一眼就找得到。

目前沒看到麻衣的身影。

這也是當然的，現在比約定時間還早了二十分鐘。廣場地標時鐘顯示現在是三點三十九分。

咲太朝指針發送「趕快到四點」的意念，不過指針只有繼續正確刻劃時間。

終於經過五分鐘時……

「咲太。」

某人從咲太身後叫他。

咲太反射性地轉身。

「一直盯著時鐘看……這麼等不及？」

身穿便服的麻衣踩響鞋跟，停在咲太面前。領口有些寬鬆的輕柔秋季毛衣搭配及膝裙，腳上穿著靴子。

麻衣化了淡妝，看起來比平常美了一些。頭髮綁成略鬆的時尚麻花辮，臉上戴著大鏡框平光眼鏡，大概是姑且喬裝了一下吧。

「……」

麻衣的外型令咲太不禁看到入迷。

「不要不吭聲，講幾句話吧。」

「我上次要求過，約會時要穿迷你裙不加絲襪對吧？」

「重來。」

「可愛到不太妙。」

今天的麻衣是任何人怎麼看都看得出來的約會打扮。

「為了我這麼努力，我好開心。」

「這是……」

麻衣微微移開視線。

「我說等等要約會，髮妝師就鼓足幹勁……」

麻衣補充說明其實她沒有要做到這種程度。

「是喔……」

「怎麼了？」

「沒事～」

「啊，不提這個，咲太。」

麻衣像是想起某件事，散發的氣息變了。音調大幅壓低，直到剛才藏在眼底的難為情神色也消失了。

「什麼事？」

咲太大致心裡有數，卻若無其事地這麼問。

「是不是應該有話要對我說？」

「麻衣小姐今天也是大美女。」

「……」

麻衣默默捏咲太臉頰，而且相當用力。

「好痛，好痛！」

咲太誇張地掙扎，麻衣就鬆手了。相對的，她從包包取出一本週刊雜誌，打開刊頭頁面，伸手舉到咲太面前。

「這是怎麼回事？」

麻衣嘴角洋溢著微笑，眼神卻完全沒在笑。

「您是在問什麼？」

咲太想裝傻。這次麻衣換成踩腳。

「麻衣小姐，拜託別用腳跟。」

這樣真的很痛。

「那麼，給我看清楚。」

「遵命。」

咲太聽話看向雜誌。其實咲太不用看也知道上面刊登了什麼。前幾天上架的這本週刊雜誌，他已經看過裡面的報導了。

以斗大字體印上「櫻島麻衣首度鬧緋聞？」的標題。總歸來說是關於咲太與麻衣的報導。

內頁照片映出咲太與麻衣一起上下學的樣子，以及在住家前面揮手道別的樣子。

其中刊登最大張的照片是以海為背景的遠距離雙人照。照片是連拍模式，報導內容講得像是麻衣用力撲向咲太推倒他，並且親吻他的臉頰。

「這只是我想扶住跌倒的豐濱啦。」

因為是當事人，所以知道連拍照片被巧妙地挑選過。只剪接精彩照片，編造得煞有介事。真是恐怖的情報操作。

那天是重拍廣告的日子，所以大概是得知消息的娛樂記者前來採訪，見到了那個場面吧。以高性能數位相機拍攝的照片畫質很好。

「所以？」

麻衣的眼神依然沒在笑。

「只有這樣。」

「親了？」

麻衣立刻繼續詢問。咲太原本想結束這個話題，可惜失敗。

「……」

「你們親吻了？」

語氣非常清楚，看來沒有要含糊帶過的意思。

「只是稍微碰到而已。」

咲太老實招供。

「……」

無言的壓力超恐怖。

「真的是意外啦！」

「原來你覺得如果是意外就沒關係啊。」

麻衣明顯露出不耐煩的表情。咲太背脊發寒。確實，即使是意外，不行的事情還是不行。

「對不起。」

咲太乾脆地低下頭。

「你有在反省？」

「有。」

「無法相信。」

「有在反省了啦。」

咲太抬頭拚命說明。

「那麼，展現相應的誠意吧。」

「我該怎麼做？」

「自己想。」

麻衣撇過頭去。即使如此，她偷瞄咲太的眼神依然抱持期待。

咲太微微彎腰。

「請。」

他這麼說。

「這是怎樣？」

「沒有啦，想說麻衣小姐也想親我臉頰一下。」

「……」

冰冷的視線。看來選錯選項了。

「那個……」

「要是你亂講話，我就走人。」

好過分的威脅。

「我喜歡妳。」

「……」

看來光是這種程度無法得到原諒。

「我好喜歡妳。」

「……」

麻衣還沒原諒。

「麻衣小姐成為我的女友，我好幸福，是全世界最幸福的人。」

咲太看著麻衣的雙眼這麼說完，麻衣稍微放鬆嘴角。

「這不是當然的嗎？」

感覺還有點生氣，但表情也透露出喜悅。

「麻衣小姐呢？」

「嗯？」

「我想知道麻衣小姐的想法。」

咲太不抱期待地追問。至今他幾乎沒聽過麻衣親口直接說出想法。事實上，麻衣的眼神就在說「這種程度的套話，我不會上鉤的」。

「記得麻衣小姐說好要給我各種獎賞……」

咲太不死心地繼續糾纏。麻衣嘆了口氣，但她的表情和傻眼不太相同，像是想起某件事般在瞬間停頓。

「我說啊，咲太……」

「什麼事？」

兩人的視線筆直相對。麻衣的雙眼微帶笑意。

「我想，我應該比你想像的更喜歡你。」

「……」

一時之間，咲太聽不懂麻衣說了什麼，呆呆張著嘴。大概是得到出乎預料的成果，麻衣對著咲太說「好怪的臉」並發出笑聲。

「不，我比較喜歡妳啦。」

「是是是，我就當成是這麼回事吧。好了，走吧。」

麻衣自然地牽起咲太的手踏出腳步。

「不要在我身旁嘻皮笑臉。」

馬上就被罵了。

「麻衣小姐還不是笑咪咪的。」

「這樣你比較開心吧？」

從容的笑容。麻衣就是要這樣才對。

「我太開心了，所以明天也想約會耶。」

「我要拍雜誌照片，不行。」

「咦～～又要工作～～？」

「所以，後天吧。」

兩人快樂交談，身影逐漸融入許多商店鱗次櫛比的小町街。這裡是受歡迎的旅遊地點，非假日也有許多觀光客與情侶讓這裡熱鬧無比。

來訪的人們愉快地尋找伴手禮，或是一邊走一邊享用美食，充滿許許多多的笑容。
咲太與麻衣也成為這樣的笑容之一。

終章

秋天捎來的訊息

咲太與麻衣身邊好一段時間不得安寧，不過在媒體大篇幅報導那場記者會之後，也迅速恢復平靜。

麻衣羞澀的反應博得眾人好感，在世間植入「靜觀她的戀愛發展吧」的氣氛。

多虧如此，麻衣數天後恢復上學，也會和咲太一起通學。

就算這樣，騷動也並非完全平息。至今仍有咲太與麻衣的新照片透過社群軟體上傳到網路。

只不過，上傳這種照片的帳號引發網友們的強烈反感與圍剿，很快就被逼得關閉帳號。

十月進入第二週，世間焦點轉移到其他八卦，咲太完全回到原本的日常生活。

學校公布段考時間，打工的連鎖餐廳增加令人感覺到秋意的季節菜色。是該發生的事按照計畫發生的平穩日子。

要說有什麼特別的事件，只有麻衣週六晚上的電話邀約。

——明天，來我家。

她只有簡單說明要求。「明天」是十二日星期日，麻衣說她也不用工作。

歸還鑰匙的現在，能夠進入麻衣家是很珍貴的事件。而且和香已經回她自己家了。

換句話說，咲太首度獲得在麻衣家和她單獨相處的機會。

要他別興奮是強人所難。

咲太姑且換了件新內褲之後出門，在麻衣指定的下午兩點按對講機。

請麻衣打開電子鎖的門，搭電梯到九樓，來到邊間，再度按門鈴。

感覺得到有人快步接近玄關。

「歡迎。」

聽到這聲問候的同時，門開了。

「啊？」

咲太不禁發出脫線的聲音。因為從玄關探頭的不是麻衣。

位於咲太眼前的是熟悉的金髮少女。咲太連她的名字都知道，也知道她是剛崛起的偶像。

「豐濱妳為什麼在這裡？」

興奮的心情一口氣降溫。

「你完全沒聽姊姊說嗎？」

和香一邊說一邊將上半身的大領口T恤拉好。下半身是短褲，穿得很輕便，自豪的金髮以髮圈簡單束起。

大眼妝現在也樸素許多，怎麼看都只像是居家模式。

「我完全沒聽說。」

「啊，是喔。哎，好吧。進來吧。」

和香就像把這裡當自己家，邀請咲太入內。咲太覺得一點都不好，但是杵在玄關外面也沒用，所以就乖乖聽話。

咲太脫鞋進入屋內。看到通往客廳的走廊時，討厭的預感變成確信。

走廊上堆著大紙箱，數量將近二位數，最上面已經打開的箱子露出設計有點花俏，不適合麻衣穿的衣服。

和香站在紙箱旁邊。

「那麼，把這些都搬到那個房間。」

和香說完輕敲紙箱。

她的視線投向旁邊的房間。麻衣幾乎沒在用，實際上是空房。

「妳要住這裡？」

從狀況來看，只能這樣推測。

「你真的沒聽姊姊說啊。姊姊～～！」

和香朝客廳呼叫。

「過來幫忙。」

只有麻衣的聲音從和室傳來。接著，麻衣雙手抱著棉被現身。不對，實際上沒看到她，大大的棉被擋在中間，從咲太這邊看不到麻衣的臉。麻衣好像看不到前方，腳步令人提心吊膽。

咲太走向麻衣，接過她雙手抱著的蓬鬆棉被。

「啊，咲太，謝謝。搬到那個房間。」

麻衣也跟和香一樣，指著空房間。

「是是是。」

咲太聽話將棉被搬進幾乎空無一物的房間，放在唯一設置的全新床上。

轉身一看，麻衣與和香站在門口看咲太工作。

「麻衣小姐，這是怎麼回事？」

「看了就知道吧？」

「豐濱也要住這裡。」

咲太不情不願地說出察覺的事實。

「對。」

麻衣非常簡短地回應。

「妳不是跟媽媽和好了嗎？」

這次是詢問和香。

至少在身體復原的那一天，和香就回自己家了。雖然電車即將收班，但她說想要早點回去和母親聊聊，所以匆忙回家了。

後來，咲太聽麻衣說「她們母女似乎成功和好了」。應該說，他們兩天前才聊到這件事。

為什麼現在變成這樣？咲太想要一個可以接受的說明。

「我明白了媽媽的想法……也表明我要自己好好做決定努力下去，可是……」

和香愧疚般移開視線。

「可是怎樣？」

「人沒辦法這樣說變就變啦。」

和香豁出去了，一臉鬧彆扭的表情看過來。

「換句話說，明明剛和好卻又吵架了？」

「因為媽媽要我做這個做那個，一下子問我這個做了沒有，一下子問我那個做了沒有，干涉到我快煩死了。」

「居然說煩死了……」

還以為這件事圓滿落幕，卻是這種結果。

不過，咲太也能理解和香的說法。她們母女倆牽連麻衣的交惡關係，如果光是和好一次就大幅改善，聽起來反而很假。

這是歷經許多年，累積到今天的關係。

互動方式已經植入身體，不可能輕易改變，當然得花費相應的時間。

「我找姊姊商量這件事，姊姊說：『既然這樣，要不要暫時住在我家？』」

和香講到一半模仿麻衣的語氣，愉快地笑。

「雖然去舞蹈教室有點遠，不過上學距離幾乎一樣。」

咲太沒問，但麻衣補充說明。

總歸來說，這是用來讓和香脫離母親的猛藥，也是讓和香母親脫離女兒的猛藥……

就算和好，如果沒有放棄干涉，那麼將彼此的物理距離拉遠比較好。麻衣自己也是因為和母親失和而開始獨居，所以或許在各方面有自己的想法吧。

「我昨天去了和香家，好好說服和香的母親，也打過招呼了，所以別擔心。」

咲太完全沒擔心這種事。他擔心的是另一件事。

「咦～～」

咲太理解一切，發出不滿的聲音。

「啊？」

和香立刻做出不耐煩的反應。

「有人同居，我不就沒辦法和麻衣小姐享受甜蜜時光了？」

「真痛快。」

和香露出得意的笑容，抱住麻衣。

「等……等一下，和香！」

和香將臉埋進麻衣胸口，麻衣似乎不太好意思。和香轉頭瞥向咲太，以「羨慕吧？」的眼神挑釁。

「這種程度，我也可以喔。」

咲太說著也想撲過去。

「不准過來！」

和香一腳踢過來，咲太連忙以雙手接住。

「呀啊！笨……笨蛋！別摸我的腳啦！」

和香用力掙扎的腳命中咲太的心窩。咲太按著腹部蹲下。

「妳啊……」

和香朝痛苦的咲太哼笑，更用力地抱住麻衣。

「給我脫離姊姊啦，妳這個戀姊情結的偶像。」

「啊？我又沒有戀姊情結。」

「這種話去給我照著鏡子說。」

和香雙手環抱麻衣的腰，像無尾熊般黏著麻衣。

「這裡又沒有鏡子。」

「那妳不用照鏡子了，總之放開我的麻衣小姐。」

「她是我姊姊啦！」

「喂，你們要是沒辦法和好，我就把你們兩個都轟出去喔。」

「……」

「……」

兩人聽到麻衣這麼說，同時別過臉。

「別吵架，快給我整理行李。」

「咦～～」

「是～～」

咲太的不滿與和香的回應重合。和香理所當然般以犀利的視線刺向咲太。競爭意識點燃烈火熊熊燃燒。

人生無法順心如意。

明明好不容易解決思春期症候群，也擺脫約會禁令的束縛，卻出現棘手的礙事者。

人生真的無法順心如意。

秋季的這一天，咲太徹底體認這個道理。

由於沒有大型行李，搬家工作不到三十分鐘就俐落完成。後來依照麻衣的要求，也搬動了客廳的家具。似乎是想趁著這個機會更改布置。

小小的餐桌也配合和香的加入，改為比較大的款式。至今使用的餐桌放在房間角落，活用為擺放花瓶的台子。

包含室內的打掃，更改布置的工作也是大約一個小時就完成。

咲太飲用招待的紅茶，心不在焉地看著時鐘顯示時間是四點。麻衣站在後方的廚房，將米放進電子鍋的內鍋。

咲太轉身時，兩人四目相對。

「要吃完晚飯再走嗎？」

麻衣簡短詢問。

「我超想吃完再走，不過楓在等我。」

「就知道你會這麼說。」

麻衣已經在淘兩人份的米。她真的只是問問而已。淘好的米加入適量的水，放進電子鍋。

咲太看著這項工作完成。

「那麼，我回去了。」
他說完從沙發起身。
麻衣送咲太到玄關門口。
「今天謝謝你。」
「下次好想在沒人礙事的時候見面。」
「是是是。」
揮手之後，兩人在玄關門口道別。
咲太孤單地等電梯時，一股閃亮亮的氣息從身後追過來。這股氣息不發一語地站在他身旁。
「……」
視線瞥向一旁，正如預料，是和香站在那裡。
「……」
她大概是有事找咲太，但是咲太等了一陣子，她依然沒開口，只有抬頭注視電梯的燈。
兩人就這麼默默進入開門迎接的電梯，而且同樣默默地等待電梯抵達一樓。
咲太沒事要找她，所以不以為意就走出公寓。咲太住的公寓就在面前，回家的路只有一條道路的寬度。
「不要無視我就回去啦。」

咲太走到道路對面時，一個不悅的聲音叫住他。

「什麼事啊？」

咲太一邊回應一邊轉身。

站在道路另一側的和香視線不和咲太相對。她抓著自己的T恤衣襬忸忸怩怩。

「尿急？」

「怎麼可能啦！」

這是當然的。如果要上廁所，她自己一個人去就好。除非有特別的癖好，否則不會在這種時候叫住正要回家的咲太。

「不然是什麼事？」

咲太不太在乎地詢問。

「變回這個外表之後，我是第一次單獨和你說話……」

和香依然看著其他方向。她以手指捲著自豪的金髮，無論如何都無法鎮靜。

「哎，畢竟妳一直是麻衣小姐的外表呢。」

「所以，總覺得……該說不好意思嗎……」

「是嗎？」

「你……你為什麼不懂啊？」

和香胡亂宣洩不耐煩的情緒。

「就算妳這麼說，我內心就是非常鎮靜啊。」

「……」

和香的視線忿恨不平，而且因為有些難為情而變成上揚的求情眼神，和看似倔強的外表格格不入，有點好玩。

「所以，有什麼事？」

她專程追過來還叫住咲太，應該不是為了講剛才那件事。

「是姊姊要我好好跟你說的。」

首先說出口的是感覺在賭氣的藉口。

「所以？」

「那個……」

和香再度移開視線。

「謝謝。」

而且就這樣看著旁邊這麼說了。

「只是把搬家的行李歸位，舉手之勞。」

「不只是今天的事……畢竟各方面給你添了麻煩，你也幫了我很多。」

「只是那種程度，不用在意。」
「我會在意啦。」
「就說了，不用在意啦。」
「……」
「……」
「我覺得有點懂了。」
「啊？」
「姊姊選擇你的原因。」
「這就希望妳詳細說明了。」
「我哪會說啊，笨蛋！還……還有，就算懂了，我也對你完全沒感覺，所以別誤會啊！」
咲太明明沒說什麼，和香卻紅著臉堅決否認。
「真的沒有。」
這次是一臉嚴肅。她好忙。
「知道了。別誤會就行了吧？」
「……」
咲太明明接受要求，和香卻不知為何依然宣洩不悅情緒，鼓著臉頰瞪向咲太。搞不懂她究竟要咲太怎麼做。

「……只有一點點的話沒關係。」

「啊？」

「沒……沒事！不准看我！」

「說真的，妳到底是怎樣……」

「你自己想啦！」

和香轉身向後。「因為，這真的贏不了姊姊啊……」她喃喃自語。

「妳說什麼？」

「我叫你快回家啦！」

和香一度轉身，孩子氣地吐舌頭做鬼臉，然後氣沖沖地走回公寓。

「是妳叫住我的吧……」

已經看不見背影的和香聽不到咲太的解釋。下次見面再抱怨幾句吧。反正她今後住在麻衣家，肯定也會在這裡巧遇，不愁沒機會。

「看來這次得讓那個傢伙脫離姊姊，不然可能會沒救。」

咲太自言自語之後，決定同樣轉身回家。

檢視一樓的信箱，裡面有披薩店與壽司店的宣傳單，以及陌生的亮藍色橫式信封。

「嗯？」

這個信封的封口沒上膠，只有摺起來。

沒蓋郵戳，也沒貼郵票。

沒寫郵遞區號，而且說起來，連住址都沒寫。

信封表面只寫了收件人。

——咲太小弟收

圓圓的女生字跡。

「……」

詫異的咲太取出裡面的信。信紙只有一張……是對摺的。

咲太緩緩打開。

寫在信紙上的是一句短短的訊息。

咲太看完訊息的瞬間，表情被強烈的疑問所支配。

——明天，可以在七里濱的海邊見面嗎？　翔子小姐上

信裡是這麼寫的。

後記

本書是《青春豬頭少年》系列的第四集。

第一集的書名是《青春豬頭少年不會夢到兔女郎學姊》，第二集是《青春豬頭少年不會夢到小惡魔學妹》，第三集是《青春豬頭少年不會夢到理性小魔女》，如果各位從本書開始感興趣，這三本也希望各位捧場。

以為這本是第一集而取閱的各位……對不起。

要是各位看到別人即將中這個陷阱，請告知對方：「《兔女郎學姊》是第一集喔！」麻煩各位協助了。

那麼，換個話題，公布一個值得慶賀的消息。

我想應該已經在書腰之類的地方公開了，本作品決定改編成漫畫。

決定改編了～～！

說到改編漫畫的詳情！……其實在我寫後記的這個時間點幾乎完全沒聽說！

本書在書店上架時，各方面或許會在編輯部眾人的協助之下拍板定案吧。說不定已經在書腰刊登最新情報了。

無論如何，要是各位連同第五集一起期待漫畫版問世，我會很高興的。

本書出版的過程中，承蒙繪製插畫的溝口老師、荒木責編鼎力相助，非常謝謝兩位。今後請繼續多多指教。

也要向陪同到最後的各位讀者致上最深的謝意。

下一集……我想會在秋季。那麼，後會有期。

鴨志田一

Kadokawa Light Novels

櫻花莊的寵物女孩 1~10.5（完）

Kadokawa Fantastic Novels

作者：鴨志田 一　插畫：溝口ケージ

意猶未盡的番外篇第三彈！
這次是真正的完結篇——

以栞奈的立場看空太命運之日——「長谷栞奈突如其來的教育旅行」；升上高三的栞奈仍繼續拒絕伊織的告白——「長谷栞奈笨拙的戀愛模樣」；描寫稍微變成熟的空太等人邁向夢想的每一天——「還在前往夢想的途中」。豪華三篇故事加上附錄極短篇！

各 **NT$200~280/HK$55~85**

台灣角川

國家圖書館出版品預行編目資料

青春豬頭少年不會夢到戀姊俏偶像 / 鴨志田一作；哈泥蛙譯. -- 初版. -- 臺北市：臺灣角川，2016.02
面；　公分

譯自：青春ブタ野郎はシスコンアイドルの夢を見ない
ISBN 978-986-366-947-0(平裝)

861.57　　104026513

Kadokawa
Fantastic
Novels

青春豬頭少年不會夢到戀姊俏偶像

（原著名：青春ブタ野郎はシスコンアイドルの夢を見ない）

2016年2月3日　初版第1刷發行
2023年10月2日　初版第12刷發行
作　者：鴨志田 一
插　畫：溝口ケージ
日版設計：木村デザイン・ラボ
譯　者：哈泥蛙
發行人：岩崎剛人
總編輯：蔡佩芬
編　輯：孫千棻
美術設計：吳佳昫
印　務：李明修（主任）、張加恩（主任）、張凱棋
發行所：台灣角川股份有限公司
地　址：104台北市中山區松江路223號3樓
電　話：（02）2515-3000
傳　真：（02）2515-0033
網　址：www.kadokawa.com.tw
劃撥帳戶：台灣角川股份有限公司
劃撥帳號：19487412
法律顧問：有澤法律事務所
製　版：尚騰印刷事業有限公司
ISBN：978-986-366-947-0